Ursula Wiegele
Malvenflug

Ursula Wiegele

Malvenflug

Roman

OTTO MÜLLER VERLAG

Meinen Großeltern mütterlicherseits

Die Drucklegung dieses Buches wurde gefördert von:

STADT : SALZBURG LAND SALZBURG Das Land Steiermark → Kultur, Europa, Sport LAND KÄRNTEN Kultur

www.omvs.at

ISBN 978-3-7013-1306-8

Lektorat: Christine Rechberger
Satz: MEDIA DESIGN: RIZNER.AT
Druck und Bindung: Flojančič tisk
Coverbild: Fresko aus der Villa Livia in Prima Porta, 1. Jhr. n. Chr. |
Röm. Nationalmuseum Palazzo Massimo alle Terme
(Alamy Stock Photo)
Umschlaggestaltung: Leopold Fellinger

Personenverzeichnis

Emma Prochazka, *geborene Burger, geb. 1903 in Kirchbach im Gailtal, arbeitet seit Ende 1935 in Davos*
Pavel Prochazka, *Emmas geschiedener Ehemann, geb. 1895 in Brünn, lebt in Graz*
Gisela Prochazka, *geb. 1920, Pavels zweite Ehefrau, mit der er zwei Kinder hat: Herkules und Penelope*
Walter, *geb. 1919, Pavels unehelicher Sohn*

Die vier Kinder von Emma und Pavel:
Helga Prochazka, *geb. 1920 in Kirchbach im Gailtal, 1937-45 Mitglied des Ordens der Schulschwestern in Graz, arbeitet nach Auflösung des Ordenshauses durch die Nazis im Odilien-Blindeninstitut Graz*
Alfred Prochazka, *geb. 1928 in Kirchbach, wohnt bei Verwandten in Klagenfurt und ab 1941 im Internat der NAPOLA in St. Paul im Lavanttal*
Lotte und Fritz Prochazka, *Zwillinge, geb. 1929 in Graz, leben 1939-44 bei den Brünner Großeltern*

Josefa Burger, *die Kärntner Großmutter der Kinder, Besitzerin eines Gasthofs in Kirchbach im Gailtal*
Anni und Petr Prochazka, *die Brünner Großeltern der Kinder, bis 1945 Inhaber einer Kleiderfabrik in Brünn*
Renate Salcher, *Emmas Schwester; sie und ihr Mann Otto haben drei Söhne und leben in Kirchbach*

Irene Ransburg, *taubblinde Freundin von Helga im Odilien-Institut, 1944 nach Theresienstadt deportiert*
Mauro De Luca, *Vater von Helgas unehelichem Sohn Michael*
Michael Prochazka, *geb. 1950, Sohn von Helga und Mauro*
Max, *Helgas Lebensgefährte in späteren Jahren*

Teil I

Lotte Prochazka, Brünn, 1940

Bluse. Langer Rock. Stöckelschuhe. Die Frau auf dem Prospekt lächelt. Der Rock hat Schlitze. Die Bluse einen V-Ausschnitt.

Neben der Frau steht eine Wäscheschleuder. Darüber ein Schriftzug: *Schleudern oder wringen? Schleudern!*

Vorsichtig schneidet Lotte die Frau aus. Die Schere ist groß und hat spitze Enden. Mit kleinen Schnitten den Arm entlang und die Schulter. Jetzt den Hals hinauf. Und dann schneidet Lotte der Frau den Kopf weg. Die Papierreste mit Schleuder, Werbespruch, Kopf und dem Namen der Firma zerknüllt sie.

Von Großvaters Sekretärin hat sie Klebstoff bekommen. Sie öffnet die Tube und drückt leicht an, so wie man es ihr gezeigt hat. Dann trägt sie dünne Bahnen von Klebstoff auf die Rückseite der Schleuderfrau auf. Klebt sie mittig auf ein Blatt weißes Papier. Jetzt mit dem Zeigefinger leicht andrücken. Rumpf, Beine, Schuhe, Arme, Hände. Lotte ist zufrieden, dass nirgends Klebstoff herausquillt. Sie schließt die Tube.

Lauter Vögel. Auf dem Klebstoff steht *Uhu* drauf. Auf den Buntstiften *Pelikan*. Lotte öffnet die Metallschachtel mit den Stiften. Zuerst Mutters Kopf. Mit zarten Strichen setzt sie das Gesicht auf den Halsstumpf. Dann die Haare. Mutters lächelndes Gesicht vom Foto im silbernen Rahmen. Da steht sie inmitten ihrer vier Kinder.

„Wohin soll ich dich heute zaubern?", sagt Lotte leise vor sich hin. „Wieder ans Meer?" Vom Meer hat ihr die Mutter oft erzählt. Vom Schaum der Wellen, von der Weite des Horizonts. Einmal ist sie dort gewesen, auf ihrer Hochzeitsreise.

Lotte zeichnet Segelboote in die Luft. Fliegen oder schwimmen? Fliegen! Sie schaut lange ins Gesicht der lächelnden Mutter und auf die Boote in der Luft. Dann nimmt sie doch den blauen Stift aus der Schachtel. Zeichnet Wellenlinien bis zum oberen Rand des Blattes. Und mit schwarzem Stift ein paar Vögel über den Wellen. Unter die Füße der Mutter kommen Steinplatten.

„Damit du nicht einsinkst", sagt Lotte, „mit Stöckeln kannst du nicht im Sand gehen." Das hat sie am Spielplatz der Denis-Gärten beobachtet, als eine Frau in den aufgeschütteten Sand trat, um ihr Kind zu schnäuzen.

„An die Wand oder ins Kuvert?", fragt Lotte. Die Mutter lächelt nur. Lotte kann sich nicht entscheiden. Also wieder Münzwurf. Zahl für Zimmer, Kopf für Kuvert. Lotte wirft die Münze bis fast zum Plafond. Zahl. „Du bleibst hier", sagt Lotte, geht zum Nähkorb und nimmt die Stecknadeldose heraus. Mit vier Nadeln fixiert sie die Mutter an der Stofftapete des Zimmers. Lotte zählt.

Achtundzwanzig Blätter. Achtundzwanzig Mal lächelt die Mutter.

Fritz hantiert mit Lineal und Winkelmesser. Seitdem die Kinder ihren Kostplatz im Gailtal verlassen haben und hier in Brünn wohnen, rückt Fritz immer weiter von Lotte weg. Es gibt keine gemeinsamen Kameraden mehr, keinen gemeinsamen Schulweg. Fritz besucht die *Deutsche Oberschule für Jungen* in der Straßengasse, die bis vor Kurzem Hybešova oder Hibeschggasse hieß, die meisten nennen sie immer noch so. Lotte besucht die *Deutsche Oberschule für Mädchen* in der Horst-Wessel-Straße, die früher Husova oder Husstraße hieß. Und erstmals wohnen die Zwillinge nicht mehr zusammen in einem Zimmer. Schlafen nicht mehr zusammen in einem Bett. Als kleine Kinder wurden sie oft verwechselt, wenn sie das gleiche Gewand trugen. Erst zu Beginn der Volksschulzeit bekam Fritz eine echte Bubenfrisur, davor hatten beide einen Pagenschnitt. Eine Kochtopffrisur.

Fritz misst auf der Landkarte Längen und Winkel, mit Bleistift hat er ein Dreieck gezeichnet, mit den Eckpunkten Davos, Brünn und Graz. Das überträgt er jetzt in sein Heft. „Ein stumpfwinkeliges Dreieck“, sagt Fritz. „In der Bubenschule seid ihr schon weiter mit Mathematik und Geometrie“, sagt Lotte. „Die Strecken Graz-Davos und

Graz-Brünn haben einen Innenwinkel von 115 Grad", sagt Fritz. Lotte schaut zu, wie er die Höhe ins Dreieck einzeichnet. Dann berechnet er den Flächeninhalt.

Ob er noch etwas dazuschreiben möchte für Mama, fragt Lotte, auf ihrem Briefbogen sei noch Platz für einige Sätze.

„Warte", sagt Fritz und zeichnet die Strecken zwischen Davos und Klagenfurt und Klagenfurt und Brünn auf der Landkarte ein, mit feinen Bleistiftstrichen, wie schon davor. Misst wieder die Strecken und die dazugehörigen Winkel.

„Gib her." Mit blauem Buntstift setzt Fritz dieses Dreieck auf die freie Fläche von Lottes Brief. Größer als die Ortsnamen schreibt er „Mama", „Alfred", „Lotte und Fritz" an die Scheitelpunkte des Dreiecks.

„Wenn Mama die Schulden abgezahlt hat, wenn sie aus Davos zurückkommt und wir wieder zusammen wohnen", sagt Lotte, „dann gibt es kein Dreieck mehr, dann führt von uns weg nur mehr eine Linie nach Graz zu Papa und Helga."

Dass Großmama die Zwillinge nach Brünn geholt hatte, um etwas *an ihnen gutzumachen*, das hat Lotte schon auf ihrem Lauschplatz erfahren. Als Frau Dermus zu Besuch war, eine *Busenfreundin* aus Großmamas Schulzeit in Wien. Die beiden saßen im Herrenzimmer. Lotte sollte sich vorstellen kommen, was vor allem Knicks machen hieß und auf Fragen antworten, das kannte sie schon. Fritz war an diesem Nachmittag mit den Pimpfen unterwegs zum Helgolandfelsen. Lotte beneidete ihn. Dafür konnte sie ungestört hinter den Türflügeln stehen und lauschen. Dass Papa ein Luftikus sei und sie sich dafür geniere, hörte sie Großmama sagen. Wie sie zu so einem Sohn käme, der Berufe und Frauen wechsle wie Unterhosen.

Lotte wunderte sich über diese Worte. Von Papas wechselnden Berufen und Frauen und Unterhosen hatte Großmama vor Leuten noch nie etwas gesagt, es war immer nur von einem Beruf die Rede: Hoteldirektor. Großmama hatte das den Kindern gleich am Tag ihrer Ankunft gesagt, am Abend, als ihr Sohn schon wieder unterwegs war nach Graz.

„Euer Vater ist Hoteldirektor am Semmering. Das glauben hier alle, und sie sollen es weiterhin glauben."

Papa hatte einmal am Semmering gearbeitet, vor langer Zeit, das wussten die Kinder. Als Buchhalter im Südbahnhotel. Und zur gleichen Zeit arbeitete Mama dort in der Küche. Dann kamen Papa und Mama zusammen, hieß es, obwohl Papa schon eine Liebschaft hatte unter den Angestellten. Papa ist einer, der ständig irgendeine Liebschaft hat, das hörten die Kinder von klein auf, die Kärntner Großmutter sagte es immer wieder, und dass sie sich da kein Blatt vor den Mund zu nehmen gedenke. Ihre Tochter hatte auf ein falsches Pferd gesetzt, das wussten alle Besucher von Großmutters Gasthof in Kirchbach.

Was Liebschaft bedeutet. Bei Besuchen in Kirchbach mussten Lotte und Fritz im Zimmer der Kellnerin schlafen. Wenn die spätabends kam, war manchmal ein Gast an ihrer Seite. Im Halbdunkel konnten die Kinder sehen, wie die Kellnerin zuerst zum Waschtisch ging. Sich Gesicht und Hände und unter den Achseln wusch. Dann den Haarknoten löste. Eine sehr reinliche Person nannte die Großmutter ihre Kellnerin. In der Früh, wenn der nächtliche Besuch schon weg war, leerte sie das Wasser vom Abend in den Kübel. Goss frisches Wasser ein. Mit dem nassen Lappen fuhr sie zuerst übers Gesicht. Danach öffnete sie die Knöpfe ihres Nachthemdes und wusch ihre Brüste, dann die Achseln. Zum Schluss stellte sie die Schüssel vom Waschtisch auf den Boden und hockte sich darüber, um sich *unten* zu waschen. Das Nachthemd wie ein Zelt über der Schüssel.

In der Wirtsstube hörten die Kinder über die *Liebschaften* der Kellnerin reden. Wenn sie in der Nacht Besuch gehabt hatte, wechselte sie in der Früh das Leintuch, das war den Kindern aufgefallen. Die Großmutter hielt viel von sauberen Leintüchern und nichts von *dreckigen.* Weil die

Kellnerin eine so saubere Person war, muss der Dreck von den Männern gekommen sein.

Emmas Unglück mit ihrem *böhmischen Mann* hatte sich herumgesprochen, und wie sie dieser Ehe ein Ende gemacht hatte. Wie sie eines Tages mit demselben Zug wie Pavel von Kirchbach nach Villach gefahren ist, mit dem Wintermantel und der Pelzkappe einer Freundin. Wie sie in Villach und in Bruck an der Mur umgestiegen, immer mit demselben Zug wie Pavel bis Graz weitergefahren ist. Wie sie dort mit derselben Straßenbahn in die Stadt hineingefahren und Pavel bis zu dem Haus gefolgt ist, in dem sie immer noch ihre Mietwohnung hatten, in der Klosterwiesgasse. Wie sie dort bei den Nachbarn gewartet hat, bis im Schlafzimmer nebenan das Licht ausging. Wie sie dann die Wohnungstür aufgesperrt hat und durch den dunklen Gang geschlichen ist. Wie sie die Schlafzimmertür geöffnet hat. Wie Pavel gesagt hat: „Emma, bitte schalt das Licht nicht ein!" Wie sie dann die Nachbarin herbeigeholt und wie Pavel vor dieser Zeugin endlich in die Scheidung eingewilligt hat.

In flagranti, dieses Wort machte in Kirchbach die Runde, für die Kinder klang es exotisch, mindestens italienisch. In der Wirtsstube und auf dem Dorfplatz hörten Lotte und Fritz, dass sie stolz sein könnten auf ihre Mutter, die ihren Mann in flagranti ertappt habe. Mut und Entschlossenheit habe die Mutter gezeigt. Das ganze Dorf fand, dass dieses Inflagranti das richtige Mittel gewesen war, den Schürzenjäger loszuwerden. Nur die Kellnerin sagte kein Wort dazu.

Pavel Prochazka, Graz, 1940

Pavel sitzt vor dem Restaurant im Hilmteichschlössl an einem Tisch und stopft seine Pfeife. Dann schaut er sich um. Ob inzwischen jemand gekommen ist, den er kennt. Fast immer ist irgendwer auf der Terrasse, mit dem er ein Gespräch führen kann, zumindest ein paar Worte wechseln. Heute ist kein bekanntes Gesicht zu sehen. Niemand erwidert seinen Blick. Der Kellner kommt und bringt ein Glas Rotwein. Pavel zündet die Pfeife an und beginnt zu paffen. Er liebt diesen Teich. Die Spiegelungen der Bäume und Büsche im Wasser. Das Beobachten der Paare und Familien bei ihrem Spaziergang rund um den Teich. Auch mit Gisela, seiner jungen Verlobten, ist er schon am Ufer entlangpromeniert. Sie trug ein eng tailliertes Kleid, blau, mit weißen Tupfen. Vorne eine Schleife. Nach einer Runde um den Teich saßen sie hier auf der Terrasse. Pavel erzählte Gisela von Brünn. Dass ihn Graz immer an seine Heimatstadt erinnere. Der Schlossberg hier sei der Spielberg dort. Die vielen Jahrhundertwendehäuser in beiden Städten. Als junger Mann wollte er weg von Brünn, das er wie so viele nur als Vorort von Wien angesehen hatte. Mittlerweile spürt er manchmal Heimweh. Bei seiner nächsten Fahrt nach Brünn sollte Gisela ihn begleiten. Doch weder seine Eltern noch die Zwillinge wissen etwas von ihr. *Stattlicher Herr sucht Dame mit Vermögen*, lautete das Inserat, auf das hin er siebenundzwanzig Briefe erhielt. Die meisten Frauen stellten sich als Witwen vor und fragten, ob Pavel auch noch einrücken müsse. Nein. Das hatte er regeln können. An Kontakten fehlt es ihm nicht. Er ist Mitglied der NSDAP. Sogar Frauen haben sich für ihn bei ihren Männern verwendet. Ein ärztliches Zeugnis und Kontakte bewahren ihn vor der Kriegsfront.

Diese Witwen waren Frauen mit Kindern. Das war nichts für ihn. Er antwortete nicht einmal auf ihre Briefe. Er schrieb nur einer. Der Jüngsten. Einundzwanzig war sie. Ein schönes Gesicht. Und diese Offenherzigkeit, mit der Gisela sich bei ihm vorgestellt hatte in ihrem Schreiben auf teurem Papier. Sie gab an, dass sie Jungfrau sei und ein wenig hinke. Das Wort *Jungfrau* trieb sofort Blut in sein Geschlecht. Eine unerfahrene Frau zu beglücken erschien ihm jetzt als höchste Lust. Da konnte er leicht hinwegsehen über ihren holprigen Gang. Sie würde seine Schulden begleichen. Diese Aussichten fesselten seine Gedanken so sehr, dass er auf den Geburtstag der Zwillinge vergaß.

In Brünn würde er Gisela im Hotel am Krautmarkt einquartieren. Seitdem die Kinder bei den Eltern in der Pellicogasse wohnen, ist das Gästezimmer durch Lotte besetzt. Er selbst übernachtet nun auf dem Sofa im Herrenzimmer. Ob er Mama fragen sollte um das Gästezimmer für Gisela, vielleicht könnte Lotte für drei Nächte auswärts schlafen, bei einer Schulkameradin. Oder in seinem alten Zimmer bei Fritz. Die Kinder haben früher doch immer zusammen geschlafen in einem Bett. Morgen würde er vom Büro aus ein Ferngespräch führen, seit einem Jahr gibt es auch in seinem Brünner Elternhaus einen Telefonapparat. Davor musste er immer in der Kleiderfabrik anrufen, im Büro seines Vaters.

Pavel lehnt sich zurück und lässt Rauchkringel in die Luft aufsteigen. Vorne am Teich schwimmt eine Ente mit sechs Kücken. Eine Mutter hebt ihr Kind aus dem Sitzwagen. Deutet mit dem Arm hin zu den Wasservögeln. Pavel denkt kurz an Emma. Wie weit weg sie ist von ihren Kindern. Mama hat Emma neulich sogar eine Heldin genannt. Obwohl sie nie Freude hatte mit dieser Schwiegertochter. Seit fast einem Jahr sind die Zwillinge nun schon in Brünn. Eine große Erleichterung. Mama verlangt kein Kostgeld. Die beiden scheinen jetzt fröhlicher zu sein als auf ihrem letzten Wohnplatz im Gailtal. Da haben sie bei Frau Jamnik gewohnt, einer pensionierten Lehrerin. Emma war bei Frau Jamnik zur Schule gegangen.

Wie es Alfred, dem Zweitältesten geht, weiß Pavel nicht. Mit Alfred hat er keinen Kontakt mehr, der Bub ist ganz auf Seiten der Mutter. Die

Zwillinge sind nicht so parteiisch, mit kleinen Geschenken kann Pavel sie jedes Mal von Neuem für sich gewinnen.

Über Helga, die Älteste, macht sich Pavel die meisten Gedanken. Ob sie unglücklich verliebt sei, fragte er sie, damals, als sie ihn um seine Einwilligung bat, ins Kloster gehen zu dürfen. Vielleicht war er zu streng mit ihr gewesen. Hatte ihr als Kind zu oft gesagt, sie würde keinen Mann bekommen mit ihren dicken Beinen. *Elefantenstampfern*. Und mit der großen Nase. Eine Zeit lang steckte Helga zu Hause eine Kluppe an die Nase. Atmete nur mehr durch den Mund, damit die Nase nicht weiterwuchs.

Nein, antwortete sie ihm damals, sie sei nicht unglücklich verliebt, wolle aber eine glückliche Braut Jesu Christi werden. Er verstand es nicht. Doch er stimmte zu. So war sie zumindest versorgt. Lag ihm nicht mehr auf der Tasche. Auch wenn er anfangs ihre Arbeit im Haushalt vermisste. Helga hatte davor Emmas Rolle übernommen. Sie stand um vier Uhr auf, um das Frühstück zu bereiten. Um vorzukochen, bevor sie zur Schule ging. Helga wusch die Wäsche und bügelte seine Hemden. Hielt die Wohnung sauber. Erledigte die Einkäufe. All das muss Pavel nun selbst organisieren. Oder vielmehr delegieren. Als stattlicher Mann, der von Frau und Tochter verlassen worden ist, erntet er viel Mitgefühl.

Das Jahr 1938 hatte dann eine Überraschung gebracht. Die Schwestern mussten das Grazer Mutterhaus in Graz-Eggenberg räumen. Da kam Helga noch einmal zu ihm, für drei Wochen, bevor sie im Blindeninstitut Arbeit fand und Quartier.

Emma Prochazka, Davos, 1940

Wie jedes Mal, wenn sie ihr Zimmer betritt, fällt Emmas Blick zuerst auf das Foto mit ihren vier Kindern. Es ist da deutlich kühler als unten in der Küche. Emma nimmt die Jacke vom Türhaken und schlüpft hinein. Dann seufzt sie. Am frühen Nachmittag kann sie Pause machen. Emma ist zufrieden hier. Manchmal sogar glücklich.

Ein wenig Rasten. Emma nimmt Lottes Briefe aus der Lade des Nachtkästchens und setzt sich aufs Bett. Immer wieder schaut sie alle durch. Sie lächelt. Welch schöne Beine sie auf Lottes Collagen hat. Nirgends blaue Adern mit ihren Verästelungen. Bei jeder Schwangerschaft hat sie mehr davon bekommen.

Weiße Bluse, schwarzer Rock. Weiße Kniestrümpfe. Lotte lächelt in die Kamera. Ein Foto von ihrer Aufnahme in den Jungmädchenbund. „Ich habe die Feuerprobe bestanden", schrieb ihr die Tochter damals aus Brünn.

Emma gibt alles zurück in die Lade und legt sich hin. Auf einmal spürt sie eine Schwere in all ihren Gliedern. Schnell beginnt sie zu dösen und sinkt hinab in den Schlaf.

„Ja bitte?", hört sich Emma rufen, halb noch im Traum, in dem sie sich in einer Holzhütte befand, gerade klopfte es an deren Tür.

„Eine große Sendung Erdbeeren ist eingetroffen“, sagt die Küchenhilfe durch den geöffneten Türspalt, „wir müssen sofort mit dem Einkochen beginnen.“

„Ich komme“, sagt Emma und schwingt die Beine vom Bett auf den Boden. „Langsam“, sagt sie zu sich selbst, „sonst wird dir wieder schwarz vor den Augen.“

Die Jacke hängt sie zurück an den Türhaken, dann läuft sie die Treppen hinunter.

In der Hotelküche wird alles vorbereitet fürs Einmachen. Die Gläser sterilisiert, die Gummiringe ausgekocht, jede Frucht beim Waschen genau kontrolliert. Nichts Faules darf mit ins Glas, denn das wichtigste Konservierungsmittel ist rar, die Erdbeeren müssen ohne Zucker eingekocht werden. „Später einmal, vielleicht erst im Winter, können wir die Konserven zu Konfitüre verarbeiten, später einmal, wenn es wieder genug Zucker gibt“, sagt der Küchenchef.

Der Duft der Erdbeeren. Mit einem großen Schöpflöffel füllt Emma die Masse in die Einmachgläser. Dann tropft sie ein wenig Spiritus auf einen Deckel, zündet ihn an. Schnell den flammenden Deckel aufs Glas, damit das Feuer die Luft verbrennt und ein Vakuum erzeugt. Nun den nächsten, es muss rasch gehen. „Du wirst die Konserven kontrollieren, mindestens einmal die Woche“, sagt der Küchenchef, er steht neben

Emma und beobachtet ihre Handgriffe. Emma nickt.

Emma nickt immer, auch wenn sie etwas nicht tun möchte oder einmal anderer Meinung ist. Sie weiß, dass viele Schweizer Bürger arbeitslos sind. Nicht wenige Fremdarbeiter haben schon ihre Stelle verloren, und andere wurden heimgerufen ins Reich. Die Furcht um den Verlust ihrer Stelle steht jeden Morgen mit Emma auf, begleitet sie durch den Tag und geht abends wieder mit ihr zu Bett, obwohl Emmas Arbeit noch nie so geschätzt wurde wie hier im Hotel. Ihre Kenntnisse der Wiener Küche. Noch nie hat sie so viele wichtige Leute bekocht, Gäste aus aller Welt steigen da ab. Auch Nationalsozialisten gehen im Hotel National seit Jahren ein und aus. Manchmal wird Emma sogar in den Speisesaal gerufen. Die Herren wollen die Köchin aus Österreich sehen. Die Köchin aus der Ostmark, wie es nun heißt. Ein wenig Glanz des Führers ist auch auf sie übergegangen. Emmas Nachname aber wird im Hotel niemals genannt. Der Name Prochazka könnte manche Gäste beunruhigen.

In Graz war dieser Name eine Zeit lang sogar von Vorteil. Er bürgte für die Originalität böhmischer Speisen im gepachteten Gasthof. Und schon vor diesen Jahren mit dem Wirtshaus, als Pavel einen Stand hatte am Kaiser-Franz-Josef-Markt, war der Name Prochazka Teil des Erfolgs beim

Verkauf böhmischer Backwaren gewesen. Anfang der Dreißigerjahre hatte Pavel seine Stelle in der Maschinenfabrik verloren. Durch die Geburt der Zwillinge waren sechs Münder zu füttern. Mit zwei Backöfen in der Küche schaffte es Emma, frisches Gebäck herzustellen für Pavels Marktstand. Um drei Uhr in der Früh musste sie aus dem Bett. Einheizen. Mohn- und Marillenkolatschen kamen blechweise ins Rohr. Buchteln mit Powidl in Bratpfannen eng nebeneinander. Manchmal hatte Emma nur eine Hand frei, weil sie mit der anderen Lotte oder Fritz an die Brust hielt. Einhändige Routine. Um halb sieben musste alles fertig sein, dann zog Pavel den Handwagen von der Klosterwiesgasse zum nahen Markplatz. Vor allem das Mohngebäck fand großen Anklang. *Behmische Mohnkolatschen.* Pavel, dessen Deutsch so einwandfrei war wie sein Tschechisch, bemühte sich am Marktstand zu böhmakeln, er tat so, als würde er von Haus aus so sprechen.

Jetzt Glas für Glas hinein in die Wasserwanne. Mit dem Deckel nach unten. Emma benützt zwei Topflappen für die heißen Gläser, die dann mit einem Schwung zum Abkühlen im kalten Wasser landen.

Alles säubern vom roten Saft, dann geht es los mit den Vorarbeiten für die Abendmahlzeit. Hundert Betten hat das Hotel National. Fast alle Zimmer sind besetzt. Seit Ausbruch des Krieges kommen vor allem nur mehr Schweizer Gäste hierher.

Um acht Uhr am Abend geht Emma wieder die Treppen hinauf in ihr Zimmer. Ihr Abendessen trägt sie in einer Schüssel bei sich. Und die *Davoser Zeitung* von gestern unter dem Arm, die steckt ihr der Oberkellner jeden Tag zu. Vor allem interessieren Emma die Anzeigen im hinteren Teil der Zeitung und das Kinoprogramm. Aber auch auf die Rubrik mit dem Fortsetzungsroman möchte sie nicht verzichten, obwohl der auf Seite eins ganz unten abgedruckt wird, wo der größte Teil des Blattes nur schreckliche Nachrichten enthält. Von nichts anderem als vom Krieg ist da die Rede, vom Krieg im Norden, vom Krieg im Westen, vom italienischen Krieg in Afrika und Griechenland, vom Krieg zu Land, vom Krieg zur See, vom Krieg in der Luft.

Manchmal deckt Emma den größten Teil der Titelseite mit einem Halstuch ab, damit sie beim Lesen des Fortsetzungsromans Ruhe hat.

Die Schweizer fürchten eine Invasion, das weiß Emma, sie haben längst ihre Truppen an den Grenzen versammelt. In der deutschen Kolonie hat Emma gehört, dass der Führer auch die Schweiz ins Reich holen wolle, wenigstens den deutschsprachigen Teil. Dann wäre ich nicht mehr im Ausland, denkt Emma, sondern mit allen Kindern unter dem Dach des Tausendjährigen Reichs.

Helga, Alfred, Lotte und Fritz im hölzernen Rahmen schauen ihr zu, wie sie die Schüssel abdeckt und zu essen beginnt. Emma isst hier oben immer in Gemeinschaft mit ihren Kindern.

In den vier Jahren Davos hat Emma schon fast die Hälfte der Schulden zurückzahlen können, und jetzt, da die Zwillinge in Brünn sind, wird es noch schneller gehen mit der Tilgung der Schulden.

Heute am Abend kann Emma noch in aller Ruhe Alfred schreiben. Der ältere Sohn lebt seit vier Jahren in Klagenfurt, auf einem Kostplatz in der Familie von Emmas Kusine Lore. „Wir werden schon gut schauen auf deinen Buben“, hat Lore gesagt, als Emma Alfred hingebracht hatte zu ihr. Es war die beste Lösung. In Emmas Heimatdorf Kirchbach hätte sich niemand um Alfred gekümmert. Und bei Pavel in Graz hat sie Alfred nicht zurücklassen wollen. Lore war Hausfrau. Kochte jeden Tag. Der Bub hatte dort zum ersten Mal ein kleines Zimmer für sich allein.

„Mit deinem Buben stimmt irgendwas nicht“, schrieb Lore schon nach den ersten Wochen. Was konnte Emma tun. Wie gern hätte sie Alfred zu sich geholt nach Davos. Es gab ein Gymnasium mit Internat hier im Ort, das Fridericianum, doch das war teuer. Gleich zu Beginn ihrer Zeit in Davos hatte Emma wegen Alfred bei Wilhelm Gustloff vorgesprochen, dem Landesgruppenleiter der NSDAP-Auslandsorganisation hier in der Schweiz, einem Deutschen aus Schwerin. Der war wegen seines Lungenleidens schon in den Jahren des Ersten Weltkrieges nach Davos gekommen und dageblieben. Eine gute Adresse, hieß es, vielleicht könne der etwas bewirken. Emma hatte von Freiplätzen gehört. Und Herr Gustloff versprach tatsächlich zu helfen. Obwohl Freiplätze nur für Angehörige des Deutschen Reiches vergeben wurden. Ihm würde schon etwas einfallen, damit der Junge hier zur Schule gehen könne, sagte Gustloff, nachdem ihn Emma von ihren Sympathien zur Partei überzeugt hatte. „Ich bedaure, dass die NSDAP in Österreich verboten ist", sagte sie, „und dass ihre Mitglieder in meiner Heimat verfolgt werden."

„Wenn ich von meiner Reise nach Berlin zurück bin", sagte Gustloff, „sehen wir weiter." Emma verbrachte die Jännertage in großer Erwartung. Doch zur zweiten Vorsprache kam es nicht mehr. Am 30. Jänner noch hatte sie Gustloff gesehen, bei einer Feier der deutschen Kolonie im Palace-Hotel. Ein bunter Abend. Die Hitler-Jugend und der Bund Deutscher Mädel haben Unterhaltung geboten. Aufgeregt waren sie alle, denn Reichsminister Rudolf Hess saß neben Wilhelm Gustloff.

Am 4. Februar wurde Gustloff in seiner Wohnung ermordet. Von einem Juden. Einem Studenten. Schrecklich war das. Aber der Führer hatte

Wilhelm Gustloff ein großes Begräbnis bereitet in Deutschland. Einen Blutzeugen nannte er ihn. Mit allen Ehren wurde dieser Mann zu Grabe getragen. Mit Paraden und Fanfaren. Der Führer allen voran.

Emma legt das Besteck in die Schüssel und schiebt sie beiseite. Wischt sich mit dem Unterarm über den Mund. Dann nimmt sie Alfreds letzten Brief zur Hand. Sie hat ihn schon drei Mal gelesen. Sobald sie Alfreds Handschrift sieht und *Liebe Mutti!* liest, – all seine Briefe beginnen mit dieser Anrede, die sie innerlich hört wie eine Anrufung – bemerkt sie einen Druck in der Gegend des Magens. Emma spürt hinter den Worten ihres Sohnes eine versteckte Not. Eine Bitte, der sie nicht entsprechen kann. Sie selbst hat sich schon manchmal Rabenmutter genannt. Andere taten das nur hinter ihrem Rücken.

Wie immer fragt Alfred zuerst nach ihrem Befinden. Wie immer schreibt er, es gehe ihm gut. Und er freue sich, sie in der Zwischensaison wiederzusehen. Wie immer endet er seinen Brief mit *Dein dankbarer Sohn Alfred.*

Alfred Prochazka, 1941, St. Paul im Lavanttal

Jetzt ist er dran. Muss vortreten an den Rand des Betonkanals. Vor ihm das tosende Wasser. Sein Herz schlägt im Hals. Angst. Und auf einmal nasse Wärme zwischen den Beinen. Im Kopf eine Leere. Er springt. Als würde er eine dünne Eisschicht durchbrechen. Als wäre er in ein Becken voller Glassplitter gesprungen. Und dann fühlt er sich schwerelos, es gibt kein Oben und kein Unten, nur eine Kraft, die ihn weitertreibt. Alfred tritt mit Armen und Beinen dagegen, aber die Flut nimmt ihn mit. Luftblasen im trüben Wasser. Und jetzt hält ihn etwas auf, das Wasser strudelt an ihm vorbei. Ein Druck am Oberarm, jemand fasst ihn an und zieht ihn hoch, Alfred sieht eine schwarze Gestalt. Ein Froschmann, unter den Taucherbrillen zwei Augen auf ihn gerichtet. Der Schwarze dreht sich um, zieht Alfred auf seinen Rücken und hantelt sich am Netz entlang zum Rand des Kanals, da ist eine Leiter nach oben. Alfreds Finger umklammern eine Sprosse, er zieht die Füße heran, jetzt finden auch sie Halt. Er klettert nach oben. Gerettet.

Jemand reicht ihm ein Handtuch. Alfred trocknet sich ab. Die schwarze Turnhose klebt an seiner Haut, aber es ist Wasser und nicht Urin. Niemand hat es bemerkt.

Es war die vorletzte Station der Aufnahmsprüfung. Zum Glück hat er nicht gewusst, dass sie dafür beim Elektrizitätswerk die Schleusen öffnen. Und zum Glück hatte er längst schwimmen gelernt in der Gail. Schon beim Zeitschwimmen im Bad konnte er punkten und er sprang auch ohne Probleme vom Turm. Auch die Nichtschwimmer mussten vom Turm springen. Mutprobe nannten das die Prüfer.

Habe ich bestanden, fragt sich Alfred, werde ich aufgenommen? Bei den Geräten im Turnsaal hatte er wenig Geschick gezeigt, beim Hoch- und beim Weitsprung nicht viel erreicht, und auch beim Boxen ist er den anderen unterlegen gewesen. Hat nicht fest genug zugeschlagen. Aber beim Laufen ging es gut.

Nach dem Abtrocknen und Ankleiden führt man die Buben zurück in die Schule. Zur letzten Station der Aufnahmeprüfung. Hier ist Alfred wieder auf vertrautem Terrain. Ein Lied vorsingen. Ein Gedicht aufsagen. Etwas vorlesen. Auch Tonleitern nachzusingen ist für ihn kein Problem.

Die Empfehlung für die NAPOLA kam von Doktor Mühlberger, seinem Taufpaten aus Kirchbach. Dem ersten Mann, der ihn als Neugeborenen im Arm gehabt hatte. Mama erzählte diese Geschichte wieder und wieder. Papa kam erst eine Woche nach seiner Geburt vom Semmering herunter. Alfred trug sogar den Vornamen des Arztes.

Der hatte sich auch für Alfreds Gesundheit verbürgt, obwohl er Bescheid wusste über sein Asthma, Alfreds *Frühlingskrankheit*, wie der Doktor es nannte. Zum Datum des Attests war Alfred beschwerdefrei.

Mama war mit Doktor Mühlbergers Frau befreundet, die beiden schrieben einander Briefe. Dass nichts geworden sei aus dem Plan mit dem Davoser Fridericianum, hatte Mama ihr gegenüber immer wieder beklagt. Doktor Mühlberger werde sicher helfen, schrieb Mama, sobald es eine Möglichkeit gebe. Alfred Mühlberger war inzwischen ein wichtiger Mann in der Partei.

Lotte Prochazka, Brünn, 1941

„Dunkel-dunkler-am dunkelsten", murmelt Lotte. Gerade ist sie aufgewacht. Vorsichtig steigt sie aus dem Bett und tastet sich hin zum Fenster. Öffnet die inneren Flügel. Die sind seit zwei Jahren mit schwarzem Papier verklebt. Lotte atmet auf, als Mondlicht ins Zimmer fällt. Die Großeltern nehmen es sehr ernst mit der Verdunkelungsverordnung. Sie haben auch Papa wieder eingeschärft, nicht darauf zu vergessen. Papa ist gestern am Abend gekommen. Die Kinder hatten seinen nächsten Besuch erst in zwei Wochen erwartet.

Jetzt möchte Lotte mit Papa reden, unter vier Augen, das war gestern nicht möglich. Lotte will eine Antwort bekommen auf die Frage, die sie so schwer einschlafen ließ und nun geweckt hat, mitten in der Nacht.

Auf Zehenspitzen schleicht Lotte durch den Flur. Tastet sich die Mauer entlang. Den rechten Arm seitlich ausgestreckt, spürt ihre Hand den nächsten Türstock in Richtung Herrenzimmer und den leeren Luftraum der Türöffnung. Weiter. Nach einigen Schritten kommt sie zum nächsten Türstock. Hier ist der Eingang zum Herrenzimmer. Lotte stößt den angelehnten Türflügel auf. Bleibt stehen und lauscht. Kein Geräusch. Janka hat Papa doch auf dem Sofa ein Nachtlager hergerichtet. Zehn Schritte geradeaus. Dann stößt Lotte mit dem Schienbein gegen die Polsterung. Vorsichtig tastet sie über die Liegefläche. Papa ist nicht da. Lotte zieht die Decke hoch. Legt sich darunter und wartet.

Beim Abendessen haben Papa und die Großeltern die Sprache gewechselt. Wenn sie auf einmal Tschechisch sprechen, geht es immer um etwas Ernstes, das bemerkt Lotte an den Mienen. Bei den Verwandten in Kärnten heißt es „Schindel auf dem Dach", und dann ist auf einmal ein Loch im Gespräch. Nichts für die Ohren von Kindern. Hier in Brünn gibt es keine Holzschindel und auch kein Loch im Gespräch. Wo ein Loch ist in Kärnten, wird da auf Tschechisch weitergeredet. Lotte ärgert sich über die Geheimsprache der Erwachsenen. Doch beim Abendessen hörte sie das Wort „Tatra". Papa sagte „Tatra" und Großpapa sagte „Tatra", zum Schluss auch noch Großmama. Dass Großpapas Tatra weg war, daran fühlte sie sich schuldig. Das Auto wurde beschlagnahmt, einen Tag nach dem Besuch der zwei Männer. Als die kamen, wurde Lotte sofort zu Janka in die Küche geschickt. Janka sagte nur: „Medchen, Medchen, heut ist kein guter Tag." Großpapas Gesicht war grau, als er Lotte zurückholte ins Herrenzimmer.

„Das waren Männer von der Staatspolizei", sagte Großpapa. „Wir haben etwas versäumt. Hätten diese Bücher aus Tante Elisabeths Schrank längst weggeben müssen."

„Welche Bücher?", fragte Lotte.

„Die Bände vom Nesthäkchen", sagte die Großmama, „die sind verboten. Daran haben wir nicht gedacht."

Lotte verstand nicht. Warum sollten ihre Lieblingsbücher verboten sein. In Kirchbach hatte sie schon einen Band gelesen, ein Geschenk von Mama zu ihrem zehnten Geburtstag. Es war auch Mamas Lieblingsbuch gewesen, als die noch ein Mädchen war, und Mama hatte Lotte sogar den Namen der Hauptfigur gegeben. Lotte war so stolz auf ihren Namen und dass sie immer mit diesem Namen gerufen wurde. Anders als die Lotte im Buch. Die hieß ja in Wirklichkeit Annemarie. Annemarie Braun. *Lotte* wurde die nur zu besonderen Anlässen genannt.

„Warum sind die Bücher verboten?", fragte Lotte.

Die Großeltern schauten sich an. Schwiegen.

„Warum sind diese Bücher verboten?", fragte Lotte noch einmal.

„Weil die Autorin eine Jüdin ist", sagte Großpapa nach weiterem Zögern.

Eine Woche davor hatte Lotte in der Schule einen Aufsatz schreiben müssen über „Ein Buch, das mir besonders gefällt". Lotte hatte darin vom zweiten Band erzählt, von *Nesthäkchen im Kinderheim*.

Jetzt, mitten in der Nacht, wollte sie Papa fragen, ob Großpapas Tatra weg war wegen der Bücher. Das wäre furchtbar. Seit Mama in Davos ist, bemüht sich Lotte, immer alles richtig zu machen. Damit Mama zufrieden ist. Mama, deren Briefe alle mit denselben Worten enden: *Macht mir bitte keine Schande!*

Vielleicht haben die Großeltern aber Papa nicht wegen dieser Sache nach Brünn gerufen, überlegt Lotte. Vielleicht ist er wegen Fritz da. Vor ein paar Tagen ist Fritz mit zerrissenen Hosen nach Hause gekommen. Und mit blutigen Knien. Er hatte sich über den Hintereingang ins Haus geschlichen. Lotte holte sofort den Rotkreuzkoffer und reinigte die Wunden mit Arnika. Fritz erschien sauber und umgekleidet beim Abendessen, aber dann flog doch alles auf. Weil eine Nachbarin ihn gesehen hatte. Fritz war wieder über die Absperrung geklettert, trotz Verbot, um auf dem Spielberg zu spionieren. In der Schule hatte der Lehrer schon bald nach Kriegsausbruch erzählt, dass da oben Gefangene beschäftigt werden. Fritz gefiel es, die Sträflinge bei den groben Erdarbeiten zu beobachten. Später dann bei der Restaurierung der Gebäude. Bald würde alle Welt sehen können, welch prächtige deutsche Burg hoch über Brünn thront. Seit zwei Jahren zieht es Fritz da hinauf, durch den Wald und über den Stacheldrahtzaun, um zu sehen, was sonst kaum jemand sieht.

Lotte spaziert durch die verdunkelte Stadt. Kein Mensch auf den Straßen und Plätzen. Auf einmal hört sie den vertrauten Motor von Großpapas Tatra. Das Geräusch kommt näher. Und jetzt sind auch zwei Lichtaugen da. Die Verdunkelungskappen der Scheinwerfer fallen auf die Straße, das Licht ist nur viel stärker, es blendet, Lotte hält ihren Unterarm über die Augenhöhlen. Sie blinzelt und erwacht. Papa hat den Luster eingeschaltet, eine Lampe mit zwölf Glühbirnen in zwei Reihen übereinander. Bevor er das Licht wieder abdreht und die inneren Fensterflügel öffnet, wirft Lotte noch einen Blick auf ihren Vater. Er trägt nur seine Unterwäsche am Körper, alle anderen Kleider über dem Arm. Und dann wird es warm neben Lotte, Papa ist an ihrer Seite, er streicht ihr über den Kopf. Drei Küsse auf Wangen und Stirn. Und nun singt er ein Schlaflied wie früher, *Guter Mond, du gehst so stille*, nach der dritten Strophe geht es ohne Text weiter, er summt die Melodie, immer leiser, und dabei sinkt Lotte in den Schlaf. Keine Frage mehr hält sie zurück.

Pavel Prochazka, Graz, 1941

Der Weg zum Schellack-Plattenverleih führt Pavel über die Mur. Mitten auf der Radetzkybrücke bleibt er stehen. Betrachtet die Alleebäume auf beiden Seiten des Flusses, das Gelb und Rot der herbstlich verfärbten Blätter. Ein Teil davon ist bereits zu Boden gefallen.

Auf dem Griesplatz nur ein kurzer Blick hinüber zum Haus Nummer 15, böse Erinnerungen. Nach der Geburt der Zwillinge lag er dort auf dem Tisch, zum Durchtrennen der Samenstränge. Es sollte endlich vorbei sein mit dem Aufpassen und mit den ungewollten Schwangerschaften. Bewusst gezeugt hatte Pavel in den Jahren davor nur ein einziges Mal.

Als der Operateur die chirurgischen Instrumente zur Hand nahm, sprang Pavel auf, schlüpfte in Hosen und Schuhe und stürzte aus dem Haus.

Beim großen Vasektomieprozess im Jahr 1933 wurde Pavel dennoch als Beschuldigter geführt, man hatte ihn auf einer beschlagnahmten Liste gefunden, aber nach einer ärztlichen Untersuchung seines Zeugungsapparates wurde die Anklage fallen gelassen. Wegen fehlender Narben.

Die Schicksalsgöttinnen haben es gut mit mir gemeint, denkt Pavel und streicht sich über den Bart, Gisela hat vor zwei Monaten einen Sohn geboren. Und der Kleine soll noch Geschwister bekommen. Zeugen wie Zeus.

Pavel hat den Schellack-Plattenverleih erreicht. Zwei Kunden sind im Geschäft. Der Verkäufer zwinkert Pavel zu, „Herr Prochazka, bitte einen Moment.“ Als die Kunden draußen sind, zieht der Verkäufer unter dem Ladentisch eine Platte hervor. „Etikettenschwindel“, sagt er vergnügt und überreicht Pavel wieder eine Schellack in einer falschen Hülle. Sogar der aufgeklebte Papierring ist eine Fälschung. Der Hund darauf sitzt wie immer vor dem Trichter des Grammophons, darüber der Schriftzug *His master's voice*, aber die angegebene Beethoven-Symphonie war nicht in die Platte gepresst. „Tauber singt Lehár“, flüstert der Verkäufer, wie Pavel ist er ein Verehrer dieses Tenors. Richard Tauber hatte sich 1938 auf einer Tournee in London abgesetzt. Seine Platten waren im Deutschen Reich längst verboten.

Pavel sucht sich zwei weitere Platten aus, Schlager, interpretiert von Hans Albers. Den Erfolgreichen was abschauen, ein gutes Rezept.

Auf dem Rückweg nimmt Pavel den Weg über die Annenstraße, die drei Schellacks unter den Arm geklemmt. Schnell wieder das Parteiabzeichen an das Revers. Auch das ist ein Etikettenschwindel, denkt Pavel, aber die Mitgliedschaft hat mir die Stelle bei der Versicherung gebracht. Damals fürchtete er, als Arbeitsloser bald ausgesteuert zu werden. Und was dann? Sich dann anstellen bei einer der Suppenküchen?

Dein ist mein ganzes Herz. Wo du nicht bist, mag ich nicht sein … Damit würde er die musikalische Darbietung eröffnen. Für Samstagabend haben die Schwiegereltern fünfundzwanzig Gäste eingeladen, zu einem Konzert in ihrem Haus. Zum ersten Mal würde Pavel seinen Gesang nicht selbst am Klavier begleiten. Ein Korrepetitor der Grazer Oper wird am Flügel sitzen, während Pavels Hände frei sind für Gebärden. Die muss er noch üben, zu Hause vor dem Spiegel. Den neuen Frack hat der Schneider schon zugestellt. Nie mehr würde Pavel in einem Restaurant die Gäste unterhalten müssen, um nicht viel mehr als ein warmes Essen. Diese Schmach ist vorbei. Es werden sich weitere Türen öffnen in privaten Villen, denkt Pavel, und die Platten von Hans Albers werden mir helfen bei der Vergrößerung meines Repertoires.

Jetzt noch in die Herrengasse, ins Fotostudio. Dort möchte Pavel die Abzüge des ersten Familienfotos holen. Gisela in einem Fauteuil mit dem Kind auf dem Arm, dahinter steht Pavel mit der rechten Hand auf Giselas Schulter. Zwanzig Abzüge hat er bestellt. Die endgültige Liste der Adressaten steht noch nicht fest. Ob er Emma ein Foto schicken soll? Und seiner früheren Schwiegermutter? Beim Hochzeitsfoto hatte er sich dagegen entschieden. Aber jetzt sollte sein privater Triumph endlich für alle sichtbar werden. Die junge Frau mit dem Engelsgesicht. Pavel atmet tief ein. Wenn nur der Krieg nicht wäre.

Zu Hause schreibt er seinen Sohn Alfred auf die Liste der Adressaten. Und streicht den Namen gleich wieder durch. Schon drei Jahre hat er Alfred nicht mehr gesehen. Brief ist keiner gekommen. Wie es dem Buben geht, weiß Pavel nicht. Alfred hat die Schule gewechselt, das weiß er von Helga. Alfred besucht jetzt die NAPOLA in St. Paul im Kärntner Lavanttal. Dort war früher ein Stiftsgymnasium der Benediktiner. Besser bei den Nazis als bei den Pfaffen, denkt Pavel. Er hat sich oft geärgert über Alfreds Empfindlichkeit. *Muttersöhnchen* hat er ihn genannt. Das zumindest wird ihm die Erziehung in der NAPOLA austreiben, sagt sich Pavel.

Emma Prochazka, Davos, 1941

An ihrem freien Tag heute geht Emma die Promenade entlang. Eine weiße Schneeschicht bedeckt die Straße. Kutschen fahren an ihr vorbei, von Pferden gezogen. Rundum glitzert der Schnee. Hell klingen die Glöckchen am Pferdegeschirr. Emmas Augen tränen von der Kälte – und von ihren Gedanken an Lotte und Fritz. Wie oft hat sie ihnen das Märchen von der Schneekönigin vorgelesen. Wie oft vom fliegenden Schlitten erzählt. Von Kai und Gerda.

Emma wünscht sich, ihre Kinder könnten Davos im Winter erleben, aber in den Weihnachtsferien ist hier Hochbetrieb. Auch diesmal wird es so sein, obwohl die Zahl der Gäste aus fernen Ländern noch immer zurückgeht. Ob das Interesse der Inländer anhalten wird? Niemand kann sagen, wie es weitergehen wird hier in Davos.

Emma seufzt, jetzt kann sie kaum mehr schillernde Namen nennen in ihren Briefen nach Hause. Vor dem Krieg war Luis Trenker da und hat gefilmt, Erich Kästner war da und sogar Maurice Chevalier. Emma hat immer wieder gesagt, sie brauche kein Wien und Berlin, hier in Davos sei sie am Nabel der Welt. Auf den Gästelisten der Hotels standen Namen von Besuchern aus allen Kontinenten, in den *Davoser Blättern* wurden sie abgedruckt. Da konnte jeder Gast nachlesen, wer sonst noch in welchem Hotel logierte oder in welchem Sanatorium. Mittlerweile aber geben nur noch wenige Betriebe ihre Listen her zur Veröffentlichung. Wegen der jüdischen Gäste, heißt es.

Arbeiten und Schulden abzahlen, arbeiten und Geld ansparen. Dafür war Emma in die Schweiz gekommen, und beim Abzahlen der Schulden hat sie es schon weit gebracht.

An ihrem freien Tag findet sich immer wer in der deutschen Kolonie, der Emma zu sich ruft. Emma kocht und bäckt, in der Vorweihnachtszeit geht sie sogar noch abends in fremde Haushalte zum Keksbacken, sie schiebt Blech um Blech in fremde Öfen. Emmas Vanillekipferl hätten die schönste Form, sagen die Leute, ihre Mandelbögen seien eine Legende, die Linzertörtchen ein Gedicht. So wird sie von Haus zu Haus weiterempfohlen. Alles für die Kinder. Vorigen Dezember konnte Emma einen echten Davoser Schlitten nach Brünn schicken und einen zweiten nach Klagenfurt. Emmas Weihnachtsfreude. Ihre Auftraggeber überließen ihr sogar einen Teil der gebackenen Kekse, auch die schickte sie nach Hause ins Reich, nach Klagenfurt und Graz und nach Brünn ins Protektorat. Das Wort *Schwarzarbeit* kam bis heute niemandem hier über die Zunge.

Nur einmal im Monat geht Emma mit anderen Angestellten auf die Schatzalp hinauf, ins Restaurant Terrasse zu einem Nachmittagstee mit Unterhaltungsmusik. Mehr Geld möchte sie nicht verschwenden. In ihrer Arbeitsstätte, dem Hotel National, gibt es oft ein Salonorchester, die Musik ist dann bis in die Küche zu hören. Warum also Geld ausgeben für musikalische Unterhaltung?

Emmas Weg führt sie jetzt an der Alexanderhausklinik vorbei. Wenn es im Hotel nicht mehr geht, würde ich hier vorsprechen, sagt sie sich. Bevor es aus ist mit einem Schweizer Gehalt, gehe ich zu den Blutspuckern. Heuer hat das Deutsche Tuberkulosehilfswerk vier Hotels hier gekauft. Von der Deutschen Heilstätte über dem Davoser See hatte sie schon vor Jahren einmal ein Stellenangebot bekommen.

An der Alexanderhauskirche kann Emma nicht vorbeigehen, ohne an Wilhelm Gustloff zu denken. Ganz hinten an der Tür ist sie gestanden bei der Trauerfeier für Gustloff. Schon am Tag davor hatte sie Blumen hingelegt vor seinen Sarg. Die Männer der Ehrenwache hatten ihr zugenickt. Der Leiter der Auslandsorganisation der NSDAP in Berlin war gekommen und hielt eine Rede. Vor dem Sarg lag der Kranz des Führers, Emmas Blumen daneben. Und Gebinde von Hess, Goebbels, Ribbentropp und Schirach.

Beim Lied *Die Himmel rühmen des Ewigen Ehre* hat sie mitgesungen. Aber schöner und ergreifender war es, als die Orgel zum Schluss ganz leise das *Horst-Wessel-Lied* spielte. Davos im Mittelpunkt von Europa. Die Trauerfeier wurde aufgenommen und auf allen deutschen Sendern übertragen. Nur schade, dass die Schweizer Behörden so pietätslos waren, denkt Emma. Beim Trauerzug hinunter zum Bahnhof waren Fahnen, Uniformen und Armbinden verboten. Dann gab der Mörder David Frankfurter auch noch an, die Kugel hätte den Führer treffen sollen. Und jetzt saß der Jude im Zuchthaus von Chur, anstatt dass er ausgeliefert wurde ins Reich.

Frau Gustloff bekam ein Telegramm vom Führer, das stand in der Zeitung. Der Führer sprach im Namen des ganzen deutschen Volkes der Witwe seine aufrichtige Anteilnahme aus. *Im Namen des ganzen deutschen Volkes.* Emma läuft ein kalter Ehrfurchtsschauer über den Rücken. Und am nächsten Tag war die Rückseite der *Davoser Zeitung* gefüllt mit Todesanzeigen von Gustloff.

Emma trug vierzehn Tage lang schwarz unter ihrer Kochschürze. Dazu waren nur Parteigenossen verpflichtet, aber sie gehörte im Geiste dazu.

Noch zweimal biegt Emma um die Ecke, dann ist sie da. Der Hausherr schiebt gerade den Schnee zur Seite. Vor der Türe zieht Emma die Stiefel aus und schlüpft in die mitgebrachten Pantoffeln. Nur noch den Mantel ablegen, die Handschuhe und die Haube. Die Backschürze anziehen und das Haarnetz fixieren.

Pavel Prochazka, Brünn, 1942

Zum zweiten Mal eine Kontrolle. Was wollen die von mir, denkt Pavel. Schon an der Grenze war er aus dem Zug geholt worden. Und jetzt sind wieder zwei Polizisten auf ihn zugekommen am Bahnhof in Brünn, gleich nach dem Aussteigen. Das Parteiabzeichen auf dem Revers seines Sakkos, der verordnete Gruß, reicht das nicht mehr?

„Ihre Papiere."

„Meine Herren, ich komme aus der Stadt der Volkserhebung", sagt Pavel und fingert in seiner Aktentasche.

„Hier, meine Papiere."

„Paul Prochazka, geboren in Brünn, wohnhaft in Graz, verheiratet", liest einer der Männer.

Pavel fährt mit der Hand noch einmal tief in die Tasche.

„Spielzeug für meinen Sohn", sagt er und präsentiert den Polizisten auf seinem Handteller ein SA- und ein SS-Männchen. Sein letzter Trumpf, zum zweiten Mal schon ausgespielt an diesem Tag. Pavel bemerkt die Nervosität der Polizisten. Vor drei Tagen wurde in Prag Heydrich ermordet, der stellvertretende Reichsprotektor für Böhmen und Mähren und oberster Gestapochef des Deutschen Reiches.

Die Polizisten grinsen. Einer von ihnen klopft Pavel ab. Von den Knöcheln die Hosenbeine nach oben, ein Griff in den Schritt.

„Sakkotaschen umstülpen“, befiehlt er, während der andere Polizist Pavels Aktentasche durchsucht. Sie durchwühlt und sogar halb umdreht. Drei verpackte Kondome fallen zu Boden. Der jüngere Polizist grinst. „Kleiner Grenzverkehr“, murmelt er. Und laut: „Schmuggelware?“

„Nein“, sagt Pavel. „Für den Eigenbedarf. Geschenk eines Wehrmacht-Heimkehrers, acht Stück davon bekam mein Nachbar pro Monat im Dienst an der Front.“

„Beschlagnahmt“, schreit der Polizist und steckt die Kondome ein.

Pavels Sohlen brennen. Diesmal hat er zwei Briefe unter der Einlage seiner Schuhe über die Grenze gebracht.

„Durchsuchung abgeschlossen“, schreit der ältere Polizist, „Heil Hitler.“

Pavel geht weiter, einfach weiter, er verlässt das Gebäude, überquert den Bahnhofsvorplatz, eine Straßenbahn klingelt, es kracht. Eine Schnellbremsung. Pavel eilt davon. Hinter ihm Geschrei. Pavel dreht sich nicht um.

Die Masarykstraße aufwärts in einem Gewühl von Menschen, viele Soldaten und Polizisten darunter. Pavel biegt links ab. Am Kapuzinerplatz wird er ruhiger. Wohin zuerst? Am besten ins

Elternhaus und zu den Kindern. Die Briefe würde er erst am Abend übergeben, im Schutz der Dunkelheit. Und beim nächsten Besuch würde er nichts mehr über die Grenze schmuggeln, denkt Pavel. In den dreißiger Jahren war es für ihn Abenteuer und Vergnügen, den aus Österreich geflohenen Sozialdemokraten etwas aus der Heimat zu bringen. In Brünn hatten sich die Genossen um sie gekümmert. Aber nicht mit Villen versorgt, wie es Kanzler Schuschnigg in seinen Hetzreden behauptete, vielmehr wurden Möbel an sie verliehen. Pavel traf sich bei seinen Besuchen in Brünn damals mit Antifaschisten im Café Biber, und immer hatte er eine Idee, wie er auch aus Südmähren etwas über die Grenze bringen konnte nach Österreich. Mehrmals hatte der Tatra seines Vaters einen Packen der *Arbeiterzeitung* mit an Bord, von Karel, der die Eltern nach Wien chauffierte zu einem Opernbesuch, gut im Wagen versteckt.

Seit aber die Nazis an beiden Seiten der Grenze die Herren sind, mengt sich Furcht in Pavels Abenteuerlust. Heute hat das Grauen Oberhand gewonnen.

Alfred Prochazka, Turnersee/St. Kanzian, 1942

Die Vögel haben ihn geweckt. Alfred reibt sich die Augen. Die Kameraden schlafen tief, keiner rührt sich, Alfred steht auf, schlüpft in die Uniform und schleicht hinaus. Unsicher, ob es erlaubt ist. Noch eine Stunde bis zum Morgenappell. Hier im Sommerlager gibt es ein wenig mehr Freiheit. Das Schuljahr ist zu Ende, in wenigen Tagen fahren alle nach Hause.

Nebel liegt über dem See. Zwei Kiebitze fliegen auf. Alfred setzt sich auf den Holzsteg am Wasser. An einer Stelle verzieht sich der Dunst, die Karawanken werden sichtbar, zwischen den schroffen Felswänden ein Stück Himmel, Sonnenlicht. Alfred betrachtet einen beschienenen Berghang, bald ist der wieder vernebelt.

Diesen Sommer wird sein Zuhause in Davos sein. Doktor Mühlberger aus Kirchbach hat sich für ihn eingesetzt, Alfred darf zur Mutter in die Schweiz fahren, darf sechs Wochen dort bleiben. Die Ortsgruppe der NSDAP in Davos wird ihm Aufgaben zuteilen, als Ersatz für seinen Dienst in Klagenfurt, da hätte er wieder eine Jungvolk-Gruppe geleitet. Alfred könnte auch in der Schweiz dem Führer dienen, meinte Doktor Mühlberger, nur *verschweizern* dürfe er nicht. Er müsse sich dort vor feindlicher Propaganda hüten.

In der Schweiz würden Lügen verbreitet. Von der zum Teil *verjudeten* Presse.

Alfred fährt mit den Zehenspitzen ins Wasser. Er zuckt sofort wieder zurück, erst in der Hitze des Tages wird ihm die Kühlung willkommen sein.

Ob er der Mutter erzählen kann, was in der Osterwoche passiert ist? Oder sollte er sein Erlebnis lieber bei sich behalten, überlegt Alfred. Der für kurze Zeit aufgebrochene Nebel hat ihn daran erinnert. Einen Lichtschein hatte er gesehen, mitten in der Nacht, im Schlafsaal, an der Wand über der Wasserrinne, wo sie sich morgens und abends wuschen. Es war ein sehr heller Lichtschein, und dazu diese Stimme, ganz deutlich hat er die Worte vernommen: „Das Dritte Reich wird untergehen." Alfred wusste sofort, das war die Stimme des verstorbenen Abtes, bereits einigen seiner Kameraden war der erschienen. Seither denkt Alfred darüber nach, ob es ein Unrecht gewesen ist, die Mönche aus dem Stift zu vertreiben. Ob es in Ordnung war, die Bücher der alten Bibliothek in die Kirche zu räumen, viele davon auch über die Brüstung hinunterzuwerfen. In der Anfangszeit hatte er mit anderen Kameraden die Kirche als Spielplatz benützt, wo sie herumgelaufen waren zwischen Stapeln und Haufen alter Schriften.

Bisher wusste nur seine ältere Schwester von der Erscheinung, Helga, die ihn vor zwei Wochen besucht hat. Der konnte er sich anvertrauen, Helga war noch immer Nonne, auch wenn sie nicht mehr im Kloster wohnte und keinen Habit mehr trug.

Ob es für die Mutter eine Schande wäre, wenn sie hörte, was er erlebt hat? Jetzt, wo er doch zu den Starken gehörte, zu den Mutigen. Ob es eine Einbildung war oder ein Traum, das hat er sich immer wieder gefragt. Aber er hat sich gleich nach der Erscheinung selbst in den Arm gezwickt. Nein, er hat es nicht geträumt.

Alfred holt sich das Keks aus der Brusttasche, das hat er schon am Abend vorsichtig eingesteckt. Es ist ganz geblieben. Das letzte Stück aus der Dose von Mamas Päckchen. Alfred legt sich das Keks auf die Zunge, dort sollte es langsam zergehen. Zum Zerbeißen war es zu wertvoll. Er achtet darauf, dass sich beim Schlucken nur die Muskeln im Rachen bewegen, dass Lippen und Zunge ruhig bleiben, so hat er es auch immer nach dem Empfang der Kommunion gemacht. Hostien gibt es schon lange keine mehr auf seiner Zunge, aber die alte Technik verlängert die Kekszeit im Mund.

Alfred beobachtet den Mückentanz am Wasser. Von den Insektenbeinen weg bewegen sich kreisrunde Wellen.

Jetzt ist sein Mund wieder leer, nur einige Brösel spürt er noch auf der Zunge. Wie er sich auf das Essen in der Schweiz freut. Niemand kocht wie die Mutter. Seit April schon zählt Alfred die Tage bis zu seiner Reise nach Davos. Den Zugplan kann er längst auswendig, die Abfahrts- und Ankunftszeiten an den Umsteigebahnhöfen.

Im Internat hat er selten Freude beim Essen. Wenn der Tag mit Nährbrei beginnt, tut er sich schwer mit dem Schlucken. Besser sind die Tage mit Marmelade- oder Käsebrot zum Frühstück. Die vielen Eintöpfe zu Mittag. Nur wenn es Braten gibt oder Topfenstrudel, dann schmeckt es ihm. An die strengen Regeln beim Essen hat er sich schon halbwegs gewöhnt, an das Schlürf- und Schmatzverbot, an das Sprechverbot. An das Gerade-Sitz-Gebot.

Aber wenn er Küchendienst hat, die großen Schüsseln und Kannen aus Aluminium holen und zurücktragen muss, besonders dann wünscht er sich weg aus dem Internat. Freizeit gibt es nur am Mittwochabend und an den Wochenenden, die Tage sind von früh bis spät mit Unterricht und Diensten gefüllt, selbst das Rasten ist geregelt, nach dem Mittagessen die vorgeschriebene Liegestunde. Wenn die Nachmittagsdienste vorbei sind, geht es zum Abendessen. Danach Proben, dann Schuhputzen und Licht aus.

In Davos werde ich mich ausruhen, denkt Alfred.

Emma Prochazka, Davos, 1942

Ein ganzer Karton mit Wollsträngen liegt in der Ecke des Zimmers. Auf der Kommode türmen sich Fäustlinge und Socken mit Norwegermuster.

Emma sitzt auf dem Bett und strickt. Wechselt zwischen blauem und weißem Wollfaden. Zwischendurch blickt sie aus dem Fenster. Die Lärchen werden schon gelb.

Heute wird ein weiteres Sockenpaar fertig. Seit Jahresbeginn strickt Emma beim Radiohören für das Deutsche Winterhilfswerk. Dreißig Paar Socken und dreißig Paar Fäustlinge sollen es werden bis Mitte Dezember. Eine große Spende, für die sie mehr Zeit als Geld ausgeben muss. Heuer ist Emma der Partei beigetreten, ihre Zweifel waren nach einem Gespräch mit dem Deutschen Vizekonsul beinahe verdampft. In der Deutschen Heilstätte, wo sie Arbeit gefunden hat nach ihrer Kündigung im Hotel National, ist die Parteizugehörigkeit sogar von Vorteil. Aber was, wenn ihr die Schweizer Behörden Probleme machten? Einfach nicht mehr ausreisen, dann gibt es keine Schwierigkeiten bei der neuerlichen Einreise, dieses Rezept hatte sie in der deutschen Kolonie bekommen.

Der blaue Knäuel ist aufgebraucht. Emma holt einen neuen Wollstrang. Beim mühsamen Abwickeln verschwimmt ihr Blick. Früher einmal haben ihr die Mädchen dabei geholfen, zuerst Helga, später dann Lotte. Für beide war es ein Vergnügen, wenn Emma den Strang um ihre Handgelenke legte, um ihn abzuwickeln, beide freuten sich über den wachsenden Knäuel. Wie anstrengend es war, einen Knäuel allein aufzuwickeln über dem zu einem Kreis ausgebreiteten Strang, der ständig verrutschte.

Auf Emmas Nachtkästchen liegen zwei Paar Socken und zwei Paar Fäustlinge mit Rentier-Motiv. In Blau-Weiß und in Rot-Weiß. Kai-und-Gerda-Strickwaren für Lotte und Fritz. Emma hat die beiden schon seit 1939 nicht mehr gesehen. Aber sie bekommt immer wieder ein Foto von den Zwillingen, so kann sie ihnen aus der Ferne zuschauen beim Wachsen. Manchmal hat Emma überlegt, die beiden noch einmal im Sommer nach Davos zu holen. Jedes Mal musste sie sich dann selbst sagen: Das wäre nicht klug.

In ihrem zweiten Sommer hier, im Jahr 1937, waren die Zwillinge für einige Wochen in Davos. Pavel hatte die Kinder in Brünn abgeholt und bis Buchs gebracht, dorthin kam ihnen Emma entgegen. Im Hotel wurde es dann schwierig beim Arbeiten in der Küche. Lotte klammerte sich an Emmas Dirndlrock, den sie unter der Schürze trug, die Kleine weinte und jammerte eine ganze Woche lang. Dann hatte sie sich beruhigt. Doch als die

Ferien zu Ende gingen, hing Lotte wieder an Emmas Rock. Lieber kein Wiedersehen, wenn es getränkt ist von Abschiedsschmerz.

Mit Alfred war es etwas anderes. Der war diesen Sommer hier in Davos zu Besuch. Alfred, auf den konnte sie sich verlassen. Der weinte nicht. Und wie tüchtig er war, wie verlässlich. Nie ein Murren, wenn der deutsche Vizekonsul ihm dieses und jenes auftrug. Auch in der Hotelküche half er mit. Und wie er beim Essen zulangte. Immer aß er noch eine zweite Portion. Es waren Emmas schönste Tage in Davos. Zusammen fuhren sie mit der Rhätischen Bahn über die Viadukte bis Filisur und weiter nach St. Moritz. Das Höhenklima hatte Alfred gutgetan, keine Spur von Asthma mehr nach einer Woche. Wie gern würde Emma ihn auch im Winter hier haben. Damit er den ersten modernen Schlepplift der Welt bei Schnee sehen könnte. Und die Bolgenschanze.

Die Strickgarnitur für Alfred liegt schon längst in der Lade ihres Nachtkästchens. Fäustlinge und Socken in Schwarz und Weiß, mit kleinen Hakenkreuzen im Norwegermuster. Rentiere und Schneesterne würden nicht passen für ihren Ältesten, dachte sich Emma, damit würde er zum Gespött der anderen Jungmannen. Von seiner ständigen Furcht, von den Kameraden verlacht zu werden, hatte er ihr im Sommer erzählt. Seit vorigem Jahr fehlt am Ende seiner Briefe auch die vertraute Grußformel. Stattdessen steht da nur mehr *Jungmann Alfred.*

Emma hält inne. Diese Stimme im Radio kennt sie. Und dieses Lied kennt sie auch. Richard Tauber singt Lehár.

Gern hab' ich die Frau'n geküsst,
hab' nie gefragt, ob es gestattet ist;
dachte mir: nimm sie dir,
küss sie nur, dazu sind sie ja hier!
Ja, glaubt mir: Nie nahm ich Liebe schwer.
Ich liebe heiß, doch treu bin ich nicht sehr,
bin ein Mann, nicht viel dran,
Liebchen fein: ich schau' auch andre an!

Genug. Nach der ersten Strophe schaltet Emma das Radio ab. Es war eines von Pavels Lieblingsliedern. Eines der ersten Lieder, die er ihr vorsang, als er sie als junges Mädchen umwarb. Gleich nach *Dein ist mein ganzes Herz* und *Du bist die Welt für mich*. Pavel, der sein wollte wie Richard Tauber. Zum Glück bin ich ihn los für immer, denkt Emma. Wie der die Frauen um sich scharte. Selbst in meiner Anwesenheit beim jährlichen Familientreffen im Südbahnhotel.

Jahr für Jahr mussten alle dort antanzen, die Brünner Schwiegermutter wollte es so. Auch als sich Emma schon getrennt hatte von Pavel, erschien sie noch für drei gemeinsame Tage im Südbahnhotel. Welch ein Glück, dass aus dem Hotel dann ein Lazarett wurde. Andrerseits hatte Emma bei den Treffen alle vier Kinder auf einmal sehen können. Und dann während der Davoser Saisonpause schnell wieder zurückfahren in die Schweiz, um in privaten Haushalten Geld zu verdienen.

Alle hatten Emma davor gewarnt, einen Slawen zu heiraten. Besonders die Mutter. Der wollte sie beweisen, dass sie sich nicht dreinreden lasse, obwohl die Mutter angekündigt hatte, Emma zu enterben. Sobald sie volljährig war, beendete sie das *schlamperte Verhältnis* mit Pavel und wurde seine Ehefrau, zwei Kinder waren da schon auf der Welt. Pavel kündigte seine Stelle im Südbahnhotel und Emma zog mit den Kindern und Pavel nach Graz, in die große Stadt, wo Pavel Arbeit gefunden hatte als Buchhalter in der Maschinenfabrik.

Lotte Prochazka, Brünn, 1942

Die Sonne wirft Lichtstreifen ins Zimmer. Lotte setzt ihre Füße nur auf die hellen Stellen am Teppich, zuletzt benötigt sie einen Sprung. Jetzt steht sie vor dem Klavier. Wenn Großmama nicht Unterricht gibt, darf Lotte im Musikzimmer üben. Auf dem Flügel, auf dem sonst nur Großmama spielt. Das Pianino für die Schüler steht gegenüber.

Die Aussicht auf ein Zuhause mit einem Flügel und zwei Pianinos hat Lotte den Abschied aus Kirchbach leicht gemacht, drei Jahre ist das schon her. Auf dem Kostplatz bei Frau Jamnik im Gailtal hatte sie nur auf Papier geübt, in Gedanken an den alten Flügel in Graz, auf dem sie begonnen hatte mit dem Klavierspiel. Danach tanzten ihre Finger auf Packpapier, auf schwarzen und weißen Tasten, die flach waren und nicht nachgaben. Trockenes Klavierspiel. Lotte übte täglich, übte alle Etüden aus der *Schule der Geläufigkeit* von Karl Czerny, immer wieder, danach studierte sie die Stücke aus einem Sonatinen-Album ein. In Brünn stolperte Lotte einige Wochen über die Tasten, bevor ihre Finger wieder vertraut wurden mit einer echten Klaviatur.

Lotte öffnet den Deckel des Flügels. Dann die Tastaturklappe. Sie streicht ihren Rock glatt, bevor sie sich auf den Klavierhocker setzt. Zuerst eine Tonleiter über vier Oktaven, auf und ab, dann nur bis zur Hälfte und von der Mitte weg beide Hände in Gegenbewegung. Nun kommen Dreiklänge und Dreiklangszerlegungen. Das Aufwärmen vor dem Spielen sei so wichtig wie das Händewaschen vor dem Essen, hat Großmama gesagt.

Lotte löst ihre Hände von der Klaviatur, hebt sie vor das Gesicht und spreizt die Finger. Alle Nägel sind kurz gefeilt. So ist es richtig.

Papa, der auch bei Großmama Klavier gelernt hat, hält nichts vom Einspielen. Meine Finger werden von den Melodien warm, sagt er, Papa, der alles nur auswendig spielt. Nach dem Gehör. Der Blick auf Noten erzeuge bei ihm Kopfweh und Schwindel. Papa spielt auch Boogie-Woogie, und dabei hebt und senkt er das rechte Bein, klopft mit dem Fuß den Takt dazu. *Affenmusik* sei das, sagt Großmama, so spielen Affen Klavier, manchmal sagt sie auch *Negermusik,* und dass die jetzt verboten sei, aber zum Glück hat Großmama immer schon vorsorglich alle Fenster geschlossen.

Nach einer Stunde Mozart wechselt Lotte das Notenheft auf dem Pult. Jetzt öffnet sie den Band mit Schlagermelodien, den hat Mama in ihrem letzten Paket mitgeschickt. Noch immer riecht das Heft nach Waschmittel. Ein angenehmer Duft. Eine Packung Radion ist immer dabei, wenn

Mama in Davos eine Paketsendung aufgibt. *Radion wäscht Wäsche weißer.*

Anfangs hat Großmutter die Nase gerümpft. „Warum glaubt eure Mutter, dass wir ein Schweizer Waschmittel brauchen? Ist eure Wäsche nicht sauber? Ist unser Persil nicht gut genug? *Der Schaum von Radion holt den Schmutz aus den Fasern.* Das kann auch unser Persil!"

Doch als die Waschmittelvorräte im Keller verbraucht waren und es kein Persil mehr zu kaufen gab, nur mehr das deutsche Einheitswaschmittel Mersol, war Radion auf einmal willkommen in Großmamas Haus. Dieses Mersol, sagte sie, das rieche nach Kohle.

„Ich würde mich freuen", schrieb Mama in ihrem beigelegten Brief, „wenn du mir diese Schlagermelodien vorspielen könntest beim Wiedersehen."

Wann wird das sein?, fragt sich Lotte. Sie schrieb diese Frage auch in ihren Antwortbrief, denn das Einüben der Schlager ging schnell. In den Osterferien gab es kein Treffen mit Mama, denn es hatte in Davos noch einmal heftig geschneit, und so kam es zu einer Verlängerung der Wintersaison. Danach konnte Mama nicht kommen, weil sie für die Zwischensaison eine Stelle gefunden hatte, als Aushilfe in einem Sanatorium. Es kämen immer weniger Gäste, schrieb Mama, und sie wisse nicht, wie es weitergehen werde mit dem Hotel. Die Schulden in Graz waren schon fast zurückgezahlt.

Lotte dachte, wenn Mama es geschafft hat, wird sie zurückkommen, dann wohnen wir wieder alle zusammen.

Aber Alfred? Dem geht es gut in St. Paul. Ob er dann zurückkäme aus dem Internat? Was aber, wenn er einrücken müsste? Lotte zieht es im Sonnengeflecht. Sie denkt an Alfreds letzten Brief. An das beigelegte marmorierte Blatt und die Worte darauf, in Schönschrift:

Vorwärts! Vorwärts! Schmettern die hellen Fanfaren,
Vorwärts! Vorwärts! Jugend kennt keine Gefahren.

Bis dahin hatte Lotte die Verse dieses Liedes einfach nur immer mitgesungen bei den Treffen des Jungmädchenbundes, sie hatte sich keine Gedanken über den Sinn dieser Worte gemacht. Als sie den Text dann in Alfred Handschrift las, kamen ihr die Tränen. Sie sah Panzer, sie sah Soldaten mit Gewehren und Alfred mittendrin. Alfred, dem sie so gerne jeden Abend eine Schüssel brächte zum Inhalieren, im Internat kümmerte sich wohl niemand um sein Asthma.

Lotte ist beim letzten Lied angelangt. Fehlerfrei hat sie alles durchgespielt. Kein Takt mehr, wo sie noch üben müsste. Lotte nimmt die Noten vom Pult und schließt die Tastaturklappe.

Die hellen Stellen am Boden sind weg, keine Lichtstreifen mehr zu sehen. Die Sonne ist verschwunden, es hat zu schneien begonnen. Lotte versucht nun, mit den Füßen nur die hellen Quadrate am Teppich zu berühren auf dem Weg hin zum Fenster. Dann öffnet sie alle vier Fensterflügel, um die Stille zu hören.

Emma Prochazka, Davos, 1943

Im Wald hinter der Deutschen Heilstätte findet Emma Erholung, in der Mittagspause ist sie da unterwegs und manchmal auch abends. Vor den Blutspuckern, die hierher zur Behandlung kommen, ekelt sich Emma; die Natur bietet Reinheit und Ruhe. Vor allem jetzt, mit all den Blättern und Blüten. Dass sie in der Heilstätte endlich eine Jahresstelle habe, sagt sich Emma immer wieder, und dass zumindest die Kranken nicht ausbleiben, im Gegensatz zu den Urlaubsgästen aus aller Welt.

Auch heute ist Emma fast bis zur Passhöhe hinaufgegangen. Sie betritt den Friedhof mitten im Wald, wo deutsche Soldaten ruhen, verstorben in der Heilstätte während des Ersten Weltkriegs. Aber auch Franz Jansen, der ehemalige Stellvertreter von Wilhelm Gustloff, liegt hier begraben. Emma ist mit dessen Witwe bekannt. Heute legt sie wieder ein paar Waldblumen auf sein Grab und bleibt davor stehen.

Es ist ungemütlich geworden in Davos. Der deutsche Vizekonsul Böhme wurde ausgewiesen, weil die Schweizer Behörden einen Geheimsender entdeckt hatten. Über den waren Informationen aus Davos direkt nach Berlin geschickt worden, hieß es. Gerüchte gingen um, dass Personen, welche die Sicherheit der Schweiz gefährden, nicht mehr im Land bleiben dürften.

Bei den Zusammenkünften der NSDAP wurde immer wieder gesagt, dass nicht nur die feindliche, sondern auch die neutrale Presse ein falsches Bild zeichne. Allein schon all die Lügen zum Anschluss Österreichs an das Deutsche Reich! In Wahrheit sei das eine höchst demokratische Handlung gewesen im Frühjahr 1938. Die Österreicher hatten die deutschen Brüder gerufen. Der Beweis dafür war dann das Ergebnis der Volksabstimmung einen Monat nach dem Einmarsch der Deutschen Wehrmacht.

Solche Gedanken gehen Emma durch den Kopf, während sie noch immer vor dem Grab steht.

„Wie lange dauert es noch bis zum Endsieg?", fragt sie laut. Ihre rechte Hand fährt zur Stirn, als sie schon ansetzt zum ersten Schritt weg von der Grabstätte. Ein verwaschenes Kreuzzeichen wird es, erst dann dreht sie sich um.

Lotte Prochazka, Brünn, 1943

Liebe Mama!

Von Herzen danke für Deinen Brief und für das Packerl mit den vielen guten Sachen. Wie immer auch ein Danke von Großmama, Großpapa, Janka und Fritz.

Alle waren ganz außer sich, als Janka mit der offenen Kaffeekanne ins Herrenzimmer gekommen ist. „Dieser Duft“, hat Großmama gesungen. Fritz und ich verstehen nach wie vor nichts von Kaffee. Wir genießen die Ovomaltine!

Danke auch für das Waschmittel und für die Marmeladen. Alle Gläser heil angekommen! Dass diese Herrschaften, bei denen Du privat im Haushalt arbeitest, ihre Zuckerration nicht brauchen und sie dir geschenkt haben zum Marmeladeeinkochen, hat uns alle erstaunt. Die Konfitüren (so sagt man bei uns in der Schule dazu) essen wir sonntags mit großer Ehrfurcht.

In Großpapas Fabrik hat sich einiges verändert. An den Nähmaschinen werden keine Kleider mehr genäht. Großpapa musste umstellen auf die Reparatur von Uniformen. Das finde ich langweilig, aber es ist kriegswichtig. Die schönen Stoffe, die ich mir so gerne angeschaut habe, sind alle weg, nur mehr ein Regal gibt es mit Mustern. Hoffentlich ist der Krieg bald aus. Aus den letzten Stoff-

resten hat mir eine Schneiderin auf der Kröna zwei Kleider genäht, in der Fabrik war das nicht mehr erlaubt.

Großmama ist oft traurig, sie sagt immer wieder: „Ich bin müde von allem." Seitdem die Glocken abgenommen und nach Deutschland gebracht wurden, hätten die Tage keine Ordnung mehr, sagt Großmama, jeder Tag sei jetzt wie ein endlos ausgezogener Strudelteig. Um etwas Ordnung in die Tage zu bringen, öffnet sie um elf Uhr am Vormittag die Fenster und macht am Flügel ein großes Mittagsgeläut. (Hier in Brünn ist es üblich, eine Stunde früher zu läuten, das machen die Brünner schon seit Jahrhunderten so.) Dabei drückt Großmama das Pedal, damit die Töne miteinander verschwimmen wie die Töne von Kirchenglocken.

Seit Kurzem darf ich wieder allein zur Schule gehen. Ich habe die Großmama überzeugt, dass ich gut aufpasse und mich von der neuen Straßenbahn nicht überfahren lasse. Großmama sagt zur neuerdings in ihren Augen so gefährlichen Straße am Fuße des Spielbergs noch immer Elisabethstraße. Das war ihr Name in der Zeit unter dem Kaiser, und danach hieß sie über dreißig Jahre Husova/Husstraße, bevor sie 1939 in Horst-Wessel-Straße umbenannt wurde. Vielleicht hat das auch etwas mit Tante Elisabeth zu tun, die ist jetzt schon so lange in London. Seit unser Schulgebäude ein Teil des Rathauses geworden ist, habe ich einen viel längeren Weg, der schon immer von Straßenbahnlinien gekreuzt wird. Warum genau die neue Linie so gefährlich sein sollte, haben wir alle nicht verstanden, aber Janka musste mich jeden Tag hinunterbringen und dann auf die andere Seite der Straße begleiten.

Fritz ist gerade unterwegs zum Helgolandfelsen auf dem Gelben Berg, dort, wo unsere Sonnwendfeiern stattfinden. Er ist immer viel unterwegs, wie es sich für einen Buben gehört (sagt Großmama immer). Ich bin mehr zu Hause und helfe Janka in der Küche und übe viel Klavier. Aber zu den Heimabenden gehe ich natürlich und auch zu den Rhythmik-Stunden. Großmama sagt, dass meine Bewegungen schon sehr graziös geworden sind, sogar beim Putzen!

Fritz hat für Dich wieder Blumen gepflückt. Himmelsschlüssel und Veilchen. Ich habe sie wie üblich zwischen Zeitungspapier im Brockhaus gepresst und lege sie jetzt vorsichtig mit dem gefalteten Briefpapier in das Kuvert.

Ein neues Foto von uns gebe ich auch in den Brief.

So viel von uns hier.

Von den vielen Bomben auf deutsche Städte liest Du sicher auch in der Zeitung.

Ich bin so froh, Mama, dass es in Davos keine Bomben gibt.

Brünn ist außer Reichweite, sagt Fritz. Mach Dir bitte keine Sorgen, liebe Mama.

Von Helga habe ich schon länger nichts mehr gehört. Sie hat sicher viel zu tun bei den Blinden und nicht genug Zeit zum Briefschreiben. Hast Du von Alfred wieder einen Brief bekommen?

Wenn Du heuer im Sommer Urlaub hast, kommst Du uns dann besuchen? Du kannst in meinem Zimmer wohnen, ich schlafe dann im Herrenzimmer, auf der Couch.

Bis zum nächsten Mal, liebe Mama.

Alle lassen Dich recht herzlich grüßen, Großmama, Großpapa, Janka und Fritz. Deine Lotte, die Dir viele Busserl schickt.

PS: Am Geburtstag des Führers wurde ich in den Bund Deutscher Mädel aufgenommen und Fritz in die Hitlerjugend.

Alfred Prochazka, St. Paul/Spanheim, 1943

Vom Bahnhof führt sein erster Weg zum Stift. Nur kurz dachte Alfred daran, seinen Rucksack davor noch im Konvikt abzuladen. Immer wieder macht er Pausen beim Gehen. Unheimlich erscheint ihm heute das Stift, wie es da auf dem Hügel über dem Ort hockt. Drei Türme ragen in den düsteren Himmel. Der Wind treibt raschelndes Herbstlaub vor sich her. Vor dem wuchtigen Hauptportal bleibt Alfred stehen. Den steilen Weg hinauf kann er nicht auf einmal nehmen. Nach einigen Schritten bereits wird es ihm eng in der Brust. Zum Glück ist gerade niemand hier unterwegs, denkt Alfred. So kann er sich unbeobachtet hinaufkämpfen.

Gleich zum Direktor. Der wird schon informiert sein, vermutet Alfred. Ob er die NAPOLA jetzt verlassen wird müssen, diese Frage ist das schwerste Gewicht in seinem Rucksack. Ich habe kein anderes Zuhause, denkt er, bei Tante Lore in Klagenfurt kann ich gerade noch in den Ferien wohnen. Schlafen muss Alfred dort auf einer Luftmatratze in genau jenem Zimmer, das er vor Jahren allein bewohnt hatte. Zwei Buben hat die Tante bekommen, seit Alfred nach St. Paul übersiedelt war.

Nach Davos? Mama arbeitet nicht mehr im Hotel National, sie kocht und wohnt mittlerweile in einer Heilstätte. Wo Blut gespuckt wird, was sie in jedem Brief erwähnt.

Wieder zu einer ruhigen Atmung finden, sagt Alfred zu sich. Er steht schon vor der Tür des Direktors. Aber es wird nicht besser mit dem Atmen, die Anstrengung des Aufstiegs zum Stift ist einer großen Unruhe gewichen. Alfred weiß, dass der Direktor als SS-Mann andere Pläne hatte mit ihm. Und Mama, was wird Mama sagen. Und die jüngeren Kameraden, die noch nicht eingezogen wurden.

Alfred holt seine Entlassungspapiere aus dem Rucksack und den Bescheid, dass er nicht wehrtüchtig ist. Dreimal noch tief ein- und lange ausatmen, das hat er auf der Krankenstation gelernt, und dann klopft Alfred an.

Lotte Prochazka, Brünn, 1944

Zuerst das Leinenfleckchen mit Kamillensud tränken, dann ein wenig ausdrücken, damit es nicht zu nass ist, wenn sie es Fritz aufs Gesicht legt. Jetzt das nächste. Bald ist die ganze Gesichtshaut bedeckt, nur Nase und Lippen bleiben frei.

Seit einigen Wochen besucht Lotte ihren Bruder Abend für Abend in seinem Zimmer unter dem Dach. Lotte hat bemerkt, dass ihr Patient im Liegen und mit geschlossenen Augen gesprächiger ist als sonst. So bleibt sie neben ihm sitzen, um mehr erfahren zu können von ihrem Bruder. *Blut ist das heiligste Opfer, das man für diese Erde vergießt*, diesen Spruch hat er an die Zimmerwand gemalt. Lotte schaudert es jeden Tag von Neuem, wenn ihr Blick darauf fällt.

„Warum bin ich erst 1929 geboren?“, hat Fritz heute am Mittagstisch wieder einmal geklagt. Zwanzig seiner Mitschüler sind bereits als Luftwaffenhelfer eingerückt. Am 5. Jänner. Jahrgang 1928 und älter.

„Die halb leere Klasse stört mich“, klagt er jetzt. „Es gefällt mir nicht, dass ich zu den Untätigen gehöre. Dass ich nicht feindliche Flieger abschießen darf. Auch ich möchte unser Vaterland verteidigen.“

Lotte schaut auf den Mumienkopf neben sich, jetzt hält er den Mund wieder geschlossen. Noch fast ein Jahr würde Fritz warten müssen, bis er zur FLAK dürfte. Die Ausflüge mit den Pimpfen begeistern ihn nicht mehr wie früher, das hat Lotte schon bemerkt.

„Wenn wenigstens die Pickel verschwinden", jammert Fritz. Monatelang forderte er Woche für Woche Geld für Kinobesuche. „Weil es im Kino dunkel ist und mich dort niemand sieht."

Großpapa wurde weich. Woche für Woche. Dann brachte Fritz sein Semesterzeugnis nach Hause. Hundertsechzig unentschuldigte Stunden. Mathematik, Erdkunde und Physik sehr gut. Englisch, Deutsch und Musik mangelhaft. Seither gibt es kein extra Taschengeld mehr für Kinobesuche. Es war das erste Zeugnis, das Lotte nicht abgeschrieben und nach Davos geschickt hat. Mama hat nicht nachgefragt.

Was sollte sie Mama überhaupt noch erzählen in ihren Briefen? Von der Tasche mit vorgeschriebenem Inhalt, die jetzt jeder hier bereithalten muss für den Fall eines Luftalarms? Von den empfohlenen Gasmasken, die Großpapa schon für alle gekauft hat? Von den Namen der Hingerichteten, die in Brünn plakatiert wurden? Lieber Zeichnungen schicken. Lotte zeichnet Porträts von allen hier im Haus. Fritz mit einem Gesicht ohne Pickel, die Großmama ohne Sorgenfalten. Alle lächeln, sie stehen beim Herd vor vollen Töpfen. Oder bei einem gedeckten Tisch. Lotte zeichnet auch die Marmeladegläser, die Mama aus Davos geschickt hat, sie stehen neben Schüsseln mit Bananen, Orangen und Mandarinen – schon lange nicht mehr gegessen, und auf den Tellern stapeln sich geräucherte Fische. Lauter Dinge, für die es keine Lebensmittelmarken mehr gibt und auch keine Sonderzuteilungen für die Deutschen in Brünn. Aber Mama soll sich keine Sorgen machen.

„Wie lange noch?“, fragt das Mumiengesicht.

Lotte berührt mit zwei Fingern den Leinenfleck auf der Stirn ihres Bruders.

„Schon trocken“, sagt sie, „für heute ist es genug.“ Sie deckt sein Gesicht ab.

„Danke und bis morgen“, sagt Fritz und erhebt sich vom Bett.

„Gute Nacht“, sagt Lotte. Sie nimmt die Schüssel mit dem Kamillensud und verlässt das Zimmer. In zwei Wochen müssen die Pickel weg sein, denkt sie. Da haben wir unseren Fototermin. Mama soll sehen, wie groß wir schon sind. Und wie erwachsen.

Emma Prochazka, Davos, 1944

Ein Brief von Helga aus Graz ist gekommen, der erste nach langer Zeit. Emma sitzt in ihrem Zimmer am Tisch und versucht sich zu erinnern, ob sie Helga einen Brief schuldet oder ob Helga dran war mit dem Schreiben. Ein unbehagliches Gefühl beim Öffnen des Kuverts, das größer wird beim Anblick von Helgas Schrift.

Nun bittet sie auch die älteste Tochter um ihre Rückkehr nach Hause. Sicher hat die Schwiegermutter sie dazu angestachelt, denkt Emma. Vor zwei Wochen kam ein Brief aus Brünn, sie möge zurückkehren und sich um die Zwillinge kümmern. Mehr ein Befehl als eine Bitte. „Seit dem Bombenangriff am 20. August, bei dem auch eine Schule getroffen wurde, kann ich nicht mehr schlafen", schrieb die Brünner Großmama. „Die Kinder sind hier nicht mehr sicher."

Emma seufzt auch diesmal. Den Gedanken an eine Rückkehr schiebt sie gleich weg. Nach dem Schuldenabzahlen arbeitet und spart sie jetzt für die Zeit nach dem Krieg. Noch ist der Geldpolster klein, aber er würde wachsen und wachsen. Was sollte sie zu Hause, in diesem Trümmerland. Hier in Davos hat sie eine sichere Stelle mit guter Bezahlung. Heimfahren und dort von der Hand in den Mund leben, das kommt für Emma nicht infrage. Sie will den Kindern einmal etwas hinterlassen, den drei jüngeren, Helga natürlich nicht. Was Emma hart erarbeitet hat, würde sonst dem Kloster zufließen. Die Älteste und ihr Armutsgelübde. Als sie von zu Hause wegging, sprach sie von *Berufung*, aber was war mit ihrer Berufung, die jüngeren Geschwister zu versorgen, Emma zu ersetzen in dieser schwierigen Zeit, ihnen als Älteste Mutter zu sein? Stattdessen hatte Helga Fremde zu ihren Schwestern gemacht. Diese Tochter war ihr schon immer unverständlich gewesen. Das Foto von Helga im Novizinnengewand hat Emma längst zerrissen, wie auch das Kärtchen von ihrer Profess. *Schwester Laura* heißt die Tochter seither. Emma weigert sich bis heute, sie so zu nennen.

Vielleicht war es ein Fehler, der kleinen Helga vom toten Zwillingsbruder zu erzählen, überlegt Emma immer wieder, vielleicht hat ihr das nicht gutgetan.

Bei Emmas erster Niederkunft hatte die Hebamme Doktor Mühlberger gerufen, damals war der noch Dorfarzt in Kirchbach. Aber auch der Doktor konnte nicht helfen, der Bub kam tot auf die Welt. Die Wehen wollten nicht verebben, zwanzig Minuten später presste Emma noch ein Kind heraus, das kreideweiß war und sich nicht bewegte. Auf Geheiß des Arztes tauchte die Hebamme das Mädchen in kaltes und in warmes Wasser. Dann wieder in kaltes. Auf einmal ein Wimmern, das Kind war nur scheintot gewesen.

Emma hatte sich einen Sohn erhofft und nun hatte sie einen toten männlichen Nachkommen geboren. Lieber hätte sie das Mädchen zu Grabe getragen und den Buben gestillt. Nach drei Tagen bekam sie eine Brustentzündung, auch die Topfenwickel der Hebamme halfen ihr nicht. Das Mädchen wollte nicht saugen, es schrie an ihrer prallen Brust. Schrie und schrie, bis die Milch weg war.

Du warst mir immer eine Fremde.

Der Bub wurde in einer Ecke des Friedhofs verscharrt, links vom Eingang, ganz nah an der Mauer. Emmas Mutter zündete bei jedem Friedhofsbesuch ein Kerzerl an für die *arme Seele*. Immer nannte sie ihn arme Seele, weil der Bub nicht getauft war. Schon als Zweijährige legte Helga dem Bruder im Frühling die ersten Veilchen hin, zu Ostern Palmzweige, im Sommer Glockenblumen von den Feldern und im Herbst späten Wiesenklee und Wegwarten. Immer brachte sie auch etwas Reindling von zu Hause, den sie teilen wollte mit ihm. Wenn das Stück beim nächsten Besuch weg war, sagte niemand, das wären die Vögel gewesen. Die Kleine stand an der Friedhofsmauer und sprach mit dem toten Bruder, sie erzählte ihm, was es Neues gab in der Familie.

Als sie die Koffer packte für die Übersiedlung nach Graz, dachte Emma, das Kind werde auf keinen Fall mitkommen wollen. Aber Emmas Schwester Renate hatte sich etwas überlegt. Am Sonntag vor der Abreise besuchte sie mit Helga den Friedhof. Die Kleine hatte ihren Stoffhund dabei, dem schon lange eines der beiden Glasaugen fehlte. Der Hund lag nachts bei Helga im Bett. Als an einer Stelle Sägespäne aus dem Stoffhund herausbröselten, sagte sie: „Der Hund blutet, er braucht einen Verband." Tante Renate schloss die Wunde, sie nähte ein Quadrat aus Wollstoff darüber. Es sah nun aus, als hätte der Hund eine Decke am Rücken, wie ein Esel.

Renate hatte mit dem Kind alles schon zu Hause besprochen. Am Friedhof stellte die Kleine den einäugigen Hund an die Mauer, neben den Engel, der schon lange da stand.

„Du bleibst hier und passt auf ihn auf", sagte Helga zum Hund. Keine Tränen beim Abschied. Alle wunderten sich über die Entschlossenheit der Kleinen. Auch über die Ruhe und Gewissheit, mit der Helga in Graz jedem erzählte, ihr Bruder sei in Kirchbach geblieben und ein Engel und ein Hund passten dort auf ihn auf.

Emma überlegt, ob sie nicht Helga bitten könnte, sich wenigstens jetzt um ihre Geschwister zu kümmern. Aber wer sollte das dann alles bezahlen?

Ob Renate bereit wäre, die Zwillinge aufzunehmen? Nein, die Schwester kommt ja mit ihren eigenen Kindern und dem Gasthaus kaum zurecht.

Emma sieht keinen Ausweg. Am besten wäre es doch, die Zwillinge blieben in Brünn. Das hat sie auch schon der Schwiegermutter geschrieben in ihrem Antwortbrief. Und mit dem Paket nach Brünn diesmal auch zwei Packungen Ossovin mitgeschickt, Probepackungen, die sie vor einigen Jahren in Zürich bestellt hatte, mit zwei Gutscheinen aus der *Davoser Zeitung*. Dafür hatte sie nicht mehr bezahlt als die fünf Rappen für die Marken auf dem Kuvert. *Ergänzungsnahrung für Nerven, Kräftigung, Widerstandsfähigkeit, Überreiztheit und Unruhe*, war auf der Verpackung zu lesen.

Alfred Prochazka, St. Paul/Spanheim, 1944

In der Küche sitzen wieder alle rund um den Tisch: der Altbauer, die Jungbäuerin und ihre Kinder, Bogumil und Alfred. Zu dessen Füßen der Familienhund Tschicko, ein Mischling. Wie beim ersten Besuch im Frühjahr gibt es warme Milch und Reindling. Alfred fühlt sich hier zu Hause, jedes Wochenende macht er sich auf, die Familie zu besuchen. Sein Weg führt ihn über den Granitzbach, an den Wiesen und Feldern am Fuß des Kalvarienbergs vorbei, dann auf den Herzogberg hinauf, da liegt der Hof.

Der Altbauer liefert Holz für die Tischlerwerkstätte der Meierei, wo die NAPOLA-Schüler praktische Fertigkeiten erlernen. Beim Abladen der Fracht von seinem Pferdefuhrwerk ist Alfred mit dem Altbauern einmal ins Gespräch gekommen. Nebenbei hat der damals seine Schnitzarbeiten erwähnt, womit er sich vor allem im Winter beschäftige, wenn es auf den Feldern nichts zu tun gab für ihn.

Während Alfred überlegte, ob und wie er fragen könnte, kam schon die Einladung des Alten zu einem Besuch auf dem Hof.

Bei der ersten Jause mit Milch und Reindling damals dachte Alfred, der jüngere Mann am Tisch sei der Vater der Kinder.

„Nein, das ist nicht mein Schwiegersohn“, sagte der Altbauer, „er trägt nur den Anzug von meinem Schwiegersohn Hans. Das ist Bogumil aus Polen. Er ist unser Helfer.“

Zwangsarbeiter und *Volksfeind*, klang es in Alfreds Kopf, das hatte er in der NAPOLA eingehämmert bekommen. Von Zwangsarbeitern und Volksfeinden erzählte er auch den Jüngeren, die er nun unterrichtete, da ein Großteil des Lehrpersonals eingezogen worden war. Nach seiner Rückkehr von der Grundausbildung war Alfred als Zugführer des ersten Zugs eingesetzt worden und bald darauf auch als Lehrer für Deutsch, Musik und Geschichte. Nur wenige Jahre älter als seine Schüler, fürchtete er den Spott der jüngeren Kameraden. Doch alle gehorchten und niemand lachte über den neuen Lehrer, der nicht wehrtüchtig war, die Furcht vor Strafen war den Jungmannen längst eingebrannt.

Bogumil sprach Deutsch mit einer ungewohnten Färbung. Sein Vater sei Pole, die Mutter eine Deutsche aus Schlesien, erzählte er Alfred am Familientisch. Alle duzten einander, das wunderte Alfred. Bogumil sprach den Altbauern und die Jungbäuerin mit Vornamen an. Damals ließ Alfred seinen Blick die Wände entlangstreifen. Nirgends das Führerbild, aber in einer Ecke ein Herrgottswinkel mit dem Heiland am Kreuz. Eine Schnitzarbeit.

Alfred wunderte sich, als Bogumil aufstand und mit dem Schürhaken eine Scheibe in der Ofenplatte hochhob und beiseiteschob, um durch die Öffnung Holz nachzulegen. Frauenarbeit.

Bei diesem ersten Besuch führte der Altbauer Alfred in die Kammer neben der Küche. Dort zeigte er ihm, was er gerade schnitzte: eine Brunnenfigur. Auf den Regalen gegenüber der Werkbank Schafe, Kühe, Esel und Kinderspielzeug. Am meisten aber bewunderte Alfred das Kruzifix in der Küche. Die kunstvollen Falten des Lendentuchs, die Dornenkrone. Er fragte nicht und auch der Bauer gab nicht zu erkennen, ob er der Schöpfer dieser Schnitzarbeit war.

„Erinnerst du dich noch an die halb leeren Regale in meiner Werkstatt, damals, bei deinem ersten Besuch?“, fragt der Bauer jetzt und berührt mit der Hand Alfreds Arm. „Davor habe ich alle Kruzifixe und Madonnen weggeräumt, aus Furcht vor dem NAPOLA-Schüler. Nur die Ochsen, die Esel und Schafe für die Krippen hab ich stehen gelassen, und Kinderspielzeug.“

„Ja, ich erinnere mich“, sagt Alfred, „ich hätte ja auch kommen können auf Geheiß der Nazis im Ort, als geheimer Spion.“

Mittlerweile ist das Vertrauen zwischen den beiden gewachsen. Seit Ende September sind sie zusammen beim Volkssturm, der den Ort verteidigen soll gegen die Übergriffe der Partisanen und das Stift zur Festung ausbauen. Alfred hat sich vorgenommen, dem Altbauern heute endlich von seinem Erlebnis im Schlafsaal zu berichten.

Die Kinder wirbeln durch die Küche mit lautem Geschrei. „Bogumil, fang mich."

Der Altbauer und Alfred ziehen sich in die Werkstatt zurück.

„Ja, das Dritte Reich wird untergehen", murmelt der Bauer nach Alfreds Erzählung, „alles ist in Gottes Hand. Auch das Schicksal von Hans." Der Schwiegersohn galt mittlerweile als verschollen. „Zuerst haben wir gehofft, der Kelch geht an uns vorbei", sagt der Bauer. „Hans wurde UK gestellt. Aber 1941 ist dann doch die Einberufung zur Wehrmacht gekommen." Der Altbauer seufzt tief. Gleich darauf sieht er Alfred in die Augen. „Wir haben uns alle dem Heiligsten Herzen Jesu geweiht, unseren Hans in der Ferne mit eingeschlossen." Und dann erzählt der Bauer Alfred, dass schon vor Jahren ein Mönch der Benediktiner gepredigt habe, vom Führer werde nur ein Häufchen Asche übrig bleiben.

Nebenan in der Küche ist es still geworden, niemand ist mehr im Raum. „Komm", sagt der Bauer. Die beiden gehen zurück in die Küche und nehmen wieder auf der Eckbank Platz. Aus der Lade unter der Tischfläche holt der Bauer ein gerahmtes Bild hervor. Ein freundlich lächelnder Jesus ist darauf zu sehen. Rund um sein Haupt Lichtstrahlen. Der Heiland sieht den Betrachter an, eine Hand streckt er ihm einladend entgegen. In der anderen hält er sein Herz, es trägt einen Dornenkranz. Darunter die Einstichstelle der Lanze. Blut quillt heraus.

Ganz still ist es im Raum. Nur manchmal ein Knacken im Herd oder ein Knistern.

„Möchtest du dich auch dem Heiligsten Herzen Jesu weihen?", fragt der Bauer nach einer Weile.

Alfred nickt. Dann kommen doch Zweifel. Was passieren würde, wenn man in der Schule davon erführe. Ob er damit der Mutter Schande machte?

Als es draußen schon dunkel ist, kniet die ganze Familie vor dem Jesusbild. Alfred spricht das Weihegebet. Die Vorhänge sind zugezogen. Tschicko wacht vor dem Haustor.

Pavel Prochazka, Pettau, 1944

Schon wieder läutet das Telefon. Das halbe Gesicht voll Rasierschaum, tritt Pavel vom Bad in den Flur.

„Hol die Kinder oder ich lasse sie irgendwohin aufs Land bringen, zu fremden Leuten“, klingt es aus dem Hörer. Mamas eindringlicher Ton, wenn etwas drängt. Da ist jeder Einwand umsonst. Pavel legt das Rasiermesser auf der Kommode ab und versucht es dennoch.

„Kann nicht die Janka die Kinder nach Kirchbach begleiten?“

Stille am anderen Ende der Leitung.

„Das ist zu schwierig mit den Passierscheinen. Und du bist ein Mann“, sagt Mama nach einer Weile.

„Über Wien ist es zu gefährlich.“

„Dann fahr eben über Znaim und Nikolsburg.“

„Also gut. Aber erst in zwei bis drei Wochen, wenn das Kind da ist.“

Wieder Stille.

„Ja, das sehe ich ein“, sagt Mama jetzt in einem versöhnlichen Ton, „gib Bescheid, wir packen schon alles zusammen.“

„Ich komme noch im November. Grüß mir Papa und die Kinder.“

Schnell zurück ins Badezimmer und fertig rasieren. Ob er den Kinnbart und den Schnauzer entfernen soll, fragt sich Pavel seit einiger Zeit jeden Morgen. Immer mehr Barthaare werden weiß.

Bequemer wäre es, wenn die Zwillinge in Brünn blieben. Mama aber möchte sie unbedingt am Land wissen, bei der Gailtaler Großmutter. Pavel erinnert sich, wie seine Mutter 1939 gedrängt hat, die Zwillinge zu sich zu holen nach Brünn. Die Kinder sollten weg von den *Hinterwäldlern* in Kärnten, hat sie damals gesagt.

Beim Treffen im Südbahnhotel war Mama aufgefallen, dass Lotte auf einmal völlig einsilbig war. Sie vermied jedes Gespräch, wollte auch keine Antworten geben auf die Fragen ihrer Brünner Großmama. Erst als die mit ihrer vorzeitigen Abreise drohte, gab Lotte ihr Geheimnis preis.

Wörter sparen müsse sie, sagte Lotte, denn sie habe schon so viele verbraucht.

Frau Jamnik, die pensionierte Lehrerin, bei der die Zwillinge damals wohnten, hätte ihr die himmlische Mathematik erklärt, nach einem Tag, an dem Lotte besonders lebhaft gewesen war. „Jeder Mensch bekommt eine bestimmte Anzahl von Wörtern mit auf die Erde“, hatte Frau Jamnik gesagt, „und wenn die verbraucht sind, dann ist das Leben zu Ende.“

„Unsinn“, sagte Mama, wer soll denn die Wörter mitzählen, die du sprichst, die Engel haben etwas anderes zu tun, als Strichlisten zu machen. Wenn ich nur könnte, nähme ich euch beide gleich mit nach Brünn."

Vier Wochen nach dem ersten Luftangriff auf Brünn am 20. August meldete sich Mama telefonisch in Kirchbach, sie fragte an, ob im Gasthof Burger Platz sei für die Zwillinge. Für ein großzügiges Kostgeld würde sie aufkommen.

Die Kärntner Großmutter stimmte sofort zu. Pavel hatte nichts einzuwenden gegen diese Abmachung, und Emma in Davos wurde nicht gefragt. Die hatte abgelehnt zu kommen, damit hatte sie jedes Recht der Mitsprache verloren. Lotte und Fritz würden entweder im Gasthaus der Großmutter oder gegenüber im Gasthaus von Emmas Schwester Renate unterkommen. Die alte Burgerin würde das regeln, das hatte sie Pavels Mutter versprochen.

Die schwangere Gisela und der kleine Herkules wurden schon vor Monaten evakuiert, weg aus der Stadt, sie leben seither in Bad Gleichenberg in der Südoststeiermark. Frau Hedwig ist ständig bei ihnen. Pavel, der regelmäßig *BBC*, *Radio Moskau* und auch *Die Weltchronik* auf dem Schweizer Sender *Radio Beromünster* hört, glaubt längst nichts mehr von all dem, was die Zeitungen hier schreiben. Nicht mehr lange, und es wird auch in der Südoststeiermark ungemütlich, davon ist er längst überzeugt.

Die bevorstehende Übersiedlung der Zwillinge nach Kirchbach brachte ihn auf eine Idee.

Frisch rasiert geht Pavel ins Wohnzimmer und setzt sich an den Sekretär. Aus der Lade nimmt er Füllfeder und Briefpapier.

Liebe Schwägerin,

wenn ich Dich noch so nennen darf?

Ich hoffe, Du bist wohlauf. Wir haben uns viele Jahre nicht mehr gesehen. Durch Lotte habe ich erfahren, dass Du mittlerweile Mutter von drei Söhnen bist. Auch hat sie mir erzählt, Du hättest in Kirchbach einen Gasthof gepachtet. Ich könnte Dir drei bis vier Langzeitgäste vermitteln!

Mir ist noch gut in Erinnerung, wie Du, mit Deinem ersten Kind unehelich schwanger, in Graz vor unserer Türe gestanden bist. Die alte Burgerin hatte Dich hinausgeworfen aus ihrem Haus. Wir haben Dich damals aufgenommen. Heute bitte ich dich, kriegsbedingt meine Gattin, unseren kleinen Herkules und sein Geschwisterl, das in zwei Wochen zur Welt kommen wird, bei Dir aufzunehmen. Du wirst es nicht bereuen, denn meine junge Frau Gisela hat betuchte Eltern. Die sind bereit, einen Mietzins zu zahlen, der weit hinausgeht über das übliche Maß. Hedwig, Giselas ehemaliges Kindermädchen, würde auch mitkommen. Sie ist eine Perle in allen Haushaltsdingen und würde sicher auch Dir zur Hand gehen.

In Erwartung Deiner zustimmenden Antwort grüße und küsse ich Dich,

Dein Schwager Pavel

P. S. Wodurch ließe sich das Herz der alten Burgerin erweichen?

Pavel faltet das Briefpapier und steckt es in ein Kuvert. Er denkt an den Gemüsegarten hinter dem Gasthaus seiner ehemaligen Schwiegermutter und an die Kühe im Stall. Milch für die Kinder, wenn die Marken nicht reichen. Er denkt an die Eier der Hühner am Hof und dass sich auch Felder im Besitz von Josefa Burger befinden.

Am 18. November kommt die Nachricht von der Geburt des Kindes. Pavel eilt nach Bad Gleichenberg. Dort findet er Gisela in Tränen vor.

„Bitte bleib hier. Bleib bei uns. Fahr nicht nach Brünn", fleht sie schon bei der Begrüßung. Noch bevor Pavel sie küssen und das neugeborene Mädchen auf den Arm nehmen kann.

Pavel bleibt zwei Tage bei Gisela, Herkules und der kleinen Tochter, die auf seinen Wunsch hin Penelope heißen soll. Dann macht er sich auf, um Lotte und Fritz in Brünn abzuholen.

Pavel Prochazka, St. Paul/Spanheim, 1945

Marija winkend am offenen Fenster in Pettau, zweimal noch dreht er sich um, dann steigt Pavel auf das herrenlose Fahrrad, das seit Tagen an der Hauswand gelehnt hat, er steigt aufs Rad und fährt los. Im Rucksack Brot und Wurst, ein paar Stücke einer *potica* mit Nüssen, eingeschlagen in braunes Packpapier. Die Feldflasche gefüllt mit diesem Gebräu einer Korona-Kaffee-Ersatzmischung, fast lieber noch trinkt Pavel bloßes Wasser. Aber er wollte Marija die Freude nicht nehmen, ihm einen Kaffee mitgeben zu können. Ihre Fürsorge hat er die letzten drei Wochen genossen, ihre Küche, den warmen Körper. Marija hat gesagt, es würde nicht mehr lange dauern, bald wäre die Stadt befreit. Über Politik zu sprechen, vermieden sie sonst. Marija wusste, dass sie mit einem offiziellen Mitglied der NSDAP das Bett teilte, und Pavel war sicher, dass Marija mit den Partisanen in Verbindung stand. So war es für beide gut, dass er sich aufgemacht hat, das dachte er auf seiner Fahrt entlang der Drau, am Ende seiner Reise würde er in Giselas Armen die schöne Marija vergessen.

Zuerst bis Marburg. Übernachten in einem Gasthof. Eine gefährliche Reise, sagt der Wirt. Früh am Morgen steigt Pavel wieder aufs Rad, fährt weiter gen Westen, die Drau entlang. Am

Nachmittag begegnet er einer Gruppe Partisanen, er grüßt sie auf Slowenisch. Und dann spricht er mit ihnen in einem Gemisch aus Slowenisch und Tschechisch, und er antwortet auf ihre Frage, was er hier mache, er sei unterwegs zu seiner Geliebten Marija. Und fügt hinzu, dass Pettau und Marburg bald befreit sein würden, dass es mit dem Deutschen Reich zu Ende sei, dass der Führer bald nur mehr ein Häufchen Asche sein werde, Pavel redet und redet, um keinen Platz zu lassen für weitere Fragen. Zum Glück hat er sein NSDAP-Abzeichen schon in die Drau geworfen, Marija sei Dank, sie hatte ihn gewarnt. Die Partisanen verabschieden sich mit guten Wünschen, so viel versteht er, und warnen ihn vor der Gestapo in Dravograd, die sitze dort im Gemeindeamt. Im Keller darunter ein nasses Gefängnis.

Zehn Minuten später begegnet Pavel der Deutschen Wehrmacht. Sofort beruhigt er sich selbst mit dem Gedanken an seine NSDAP-Mitgliedschaft. Heil Hitler! Pavel warnt die Soldaten vor Partisanen, die er vor einer Stunde von der Ferne im Wald gesehen hätte, und erzählt, er wäre auf dem Weg zu seiner Familie, die wegen der herannahenden Russen evakuiert worden sei. Heil Hitler!

Mehrmals nimmt Pavel das Rad und verschwindet damit in den Wald. Übernachtung in einer Scheune, ein Würgegefühl im Hals beim Kauen des letzten Stücks von Marijas *potica*, die liegt jetzt sicher weinend in ihrem Bett, oder steht sie noch immer am Fenster und winkt, winkt einem, der nie mehr zurückkommen wird?

Am nächsten Morgen hat das Hinterrad einen Patschen. Eine Zeit lang noch schiebt Pavel das Rad, dann lässt er es an einen Baum gelehnt stehen. Immer wieder hinein in die Wälder, immer wieder zurück auf die Straße, noch eine Nacht in einem Heuschober, Hunger, keine Gedanken mehr an Marija, keine Gedanken mehr an Gisela und die Kinder, nur mehr schlafen. Am nächsten Tag hält er einen Wagen an. Der Reichsarbeitsdienst von Pettau ist auf der Flucht nach Westen, und so fährt Pavel bis Unterdrauburg und weiter nach Lavamünd. Zehn Kilometer bis Spanheim, liest er auf einer Tafel, das ist das ehemalige St. Paul, weiß der Chauffeur, so kommt Pavel mit dem Wagen bis nach Spanheim, ohne dass er es geplant hat. Noch im Auto erfindet er eine neue Geschichte: Er sei unter Lebensgefahr nach St. Paul gefahren, um Alfred zu holen. Um der ehemaligen Schwiegermutter in Kirchbach den ältesten Enkel zu bringen und den Zwillingen ihren Bruder, eine Heldentat, die ihm Sympathien einbringen könnte in Kirchbach.

Auf der Hauptstraße unter dem Stift steigt er aus. Schaut sich um. Ein Knirps in Uniform kommt ihm entgegen, den spricht er an. Ja, er sei ein Schüler der NAPOLA und gerade unterwegs vom Konvikt hinauf ins Stift, antwortet der Bub, gerne werde er den Herrn zum Zimmer des Anstaltsleiters führen. Direktor, nein, Direktor werde hier niemand genannt.

Wieder in einem Bett schlafen. Laken gibt es keines, und es gibt hier auch keinen Überzug für Decke und Polster. Der Geruch von Rosshaar. Tee und Haferschleim bekommt Pavel ins Zimmer gestellt. Seit gestern behält er wieder, was er schluckt, und wenn er kurz aufsteht, schwankt der Boden unter seinen Füßen nicht mehr.

Pavel erinnert sich an die beiden Hemisphären, zwei riesige Kreise mit fünfundfünfzig Sternbildern. Unter dem Fresko mit den mächtigen Halbkugeln erfuhr Pavel, dass Alfred am 5. April die jüngsten Schüler der NAPOLA nach Oberkärnten begleitet hatte, in ein Ausweichquartier. Die Lage hier sei zu gefährlich, der Ort durch Banditen und herannahende Feinde bedroht. Der Anstaltsleiter meinte, Pavel könne einige Tage hierbleiben und bei den Schanzarbeiten rund ums Stift helfen. Mit dem Zug weiterfahren, das sei viel zu gefährlich, die Bahnhöfe würden bombardiert und der Zugverkehr sei zum Teil eingestellt. Das Lavanttal umkreist von Partisanen. Bald gebe es einen motorisierten Transport, sagte der Anstaltsleiter, mit dem die letzten NAPOLA-Schüler weggebracht würden.

„Warten Sie, Herr Prochazka."

Schon eine Stunde später lag Pavel mit Bauchkrämpfen und Durchfall in diesem Zimmer. Unterwegs hatte er seine Feldflasche mehrmals an Bächen gefüllt, das letzte Wasser war anscheinend verseucht gewesen.

In dieser Kammer hat sein Sohn noch vor Kurzem geschlafen, Alfred. Pavel überlegt, wann er ihn das letzte Mal gesehen hat. 1938, vor sechs Jahren, beim Familientreffen im Südbahnhotel. Geredet hat Alfred kaum etwas mit ihm, wie schon in den beiden Jahren davor, wenn unter der Regie von Pavels Mutter alle zusammengekommen waren am Semmering. Pavel seufzt. Wie angenehm, als Gast hofiert zu werden in diesem Hotel, wo er Jahre zuvor über den Bilanzen gesessen war. Er genoss es, ein helles Zimmer zu bewohnen mit Blick auf Schneeberg und Rax. In seiner Zeit als Buchhalter war sein Bett in einem Raum ohne Aussicht gestanden. Pavel denkt an die Mahlzeiten im großen Speisesaal, an klirrende Gläser, an die Musik des Salonorchesters. Er ließ teure Weine an den Tisch kommen und Champagner, Mama war immer sehr großzügig in diesen Tagen. Mama. Als nach Ausbruch des Krieges ihr geliebtes Hotel zum Lazarett wurde, war das ein schwerer Schlag für sie. Als das Südbahnhotel zwischendurch wieder seine Tore für Gäste öffnete, da war es nicht mehr dasselbe. Mama wollte nicht mehr dorthin fahren, nachdem Elisabeth mit Mann und Kindern nach England geflüchtet war. Die Erinnerungen an die geschlossene Familienrunde waren ihr mehr wert als ein erneutes Treffen mit einer großen Lücke.

Pavel versucht sich vorzustellen, wie Alfred nun aussehen könnte. Ob die Ähnlichkeit noch stärker geworden ist. Das Letzte war ein Foto vom fünfzehnjährigen Alfred, Helga zeigte es ihm vor zirka zwei Jahren. Pavel meinte sich selbst darauf zu erkennen in diesem Alter.

Zwei Nächte nur hat der Bub hier geschlafen in dieser alten Mönchszelle, nachdem die Schüler im Konvikt unten im Ort ausgezogen waren, nachdem sie Platz machen mussten für sechshundert Verwundete, die hierher transportiert wurden. So hat es ihm vor einigen Tagen der Anstaltsleiter erzählt.

Das Fieber hat die Bilder seiner Reise verwischt. Pavel versucht sich zu erinnern.

Was war wirklich geschehen und was hatte er nur in den Fieberträumen der letzten Tage erlebt? Immer wieder kreuzten Bomber den Himmel, Tiefflieger kamen und er hörte Schüsse aus Maschinenpistolen. War es die Wehrmacht, waren es Partisanen?

Pavel streckt sich und seufzt, am liebsten würde er jetzt davonlaufen vor seinem eigenen Geruch, aber morgen schon könnte er ein Bad nehmen. Jemand hat ihm frische Wäsche vor die Tür gelegt, mitten in den Unruhen dieser Tage hat sich jemand darum gekümmert. Hose, Hemd und Socken waren bereits gewaschen und desinfiziert. Nach dem Bad noch eine Rasur, und dann würde er hinuntergehen in den Ort, aber zum Schanzen war er zu schwach.

Bei seinem ersten Ausgang beobachtet Pavel zwei blinde Männer. Vorsichtig gehen sie die Straße hinunter, und dann kommen ihm blinde Frauen entgegen, geführt von einer geistlichen Schwester. Auch im Stiftsgarten hat er schon Blinde gesehen.

„Gibt es hier im Ort eine Blindenanstalt?", fragt er die geistliche Schwester nach einem kurzen Gespräch über das Wetter. Die Nonne schwärmte von den blühenden Apfelbäumen, sie hätten alle gerade an deren Blüten gerochen.

„Ja", lacht die Schwester, „seit zwei Tagen, aber wir bleiben nicht auf Dauer. Wir sind aus Graz. Unser Direktor hat uns hierhergebracht. Die Bombenabwürfe sind Tag für Tag näher gekommen und es war schwierig, die Blinden immer wieder in den Luftschutzkeller zu geleiten, ohne dass Panik ausgebrochen ist. Außerdem wird unser schönes Haus seit Jahresbeginn auch für militärische Zwecke verwendet. Jetzt ist es mit einem dreifachen Stacheldrahtverhau umgeben. Was würden die Feinde denken, wenn sie die Stadt einnehmen! Gut, dass die Gauleitung die Evakuierung beschlossen hat. Frauen und Kinder sollen weggebracht werden aus Graz."

Pavel wird es heiß.

„Kommen Sie vom Odilien-Institut?", fragt er.

„Ja", sagt die Schwester, „Sie kennen unsere Anstalt in der Leonhardstraße?"

„Ich war schon bei mehreren Feiern dort", antwortet Pavel, und die Hitze vom Brustraum steigt ihm jetzt hoch in den Kopf.

„Schön", sagt die Schwester, und Pavel ist froh, dass sie nicht weiterfragt. Irgendetwas hindert ihn, sich nach Helga zu erkundigen. Ob sie auch hier sei.

Sie ist sicher mitgekommen, denkt Pavel beim Weitergehen und ist erleichtert bei dieser Vorstellung, denn bald würden die Russen Graz einnehmen. Befreien. Besetzen. Pavel weiß nicht, was er denken soll. Er wünscht sich ein Ende der Diktatur durch die Nazi-Herrschaft. Aber folgt danach eine bolschewistische Diktatur?

Im Büro über den Zahlenreihen beruhigt sich Pavels Geist wieder. Der Anstaltsleiter hat ihm eine andere Aufgabe zugeteilt, als Gegenleistung für Kost und Logis, denn fürs Schanzen ist Pavel noch immer zu schwach. Nun versucht er die Buchhaltung der NAPOLA in Ordnung zu bringen.

„Berlin wünscht saubere Bilanzen", sagt der Anstaltsleiter. Berlin wünscht gar nichts mehr, denkt Pavel, aber er rechnet weiter, er rechnet und malt mit schwarzer Tinte Kolonnen von Zahlen ins Buch, als würde das irgendjemand noch prüfen, als wären die Russen nicht bereits in der Hauptstadt des Reichs. Schon wieder Fliegeralarm.

Am 25. April fragt Pavel endlich nach seiner Tochter. Bei all seinen Spaziergängen hat er vergeblich Ausschau gehalten nach ihr.

„Schwester Laura ist in Graz geblieben, bei zwei Zöglingen, die nicht transportfähig waren", antwortet die Nonne. Vor einer Antwort dieser Art hatte sich Pavel all die Tage gefürchtet. Helga in Graz. Die Bomben. Und der Vormarsch der Roten Armee.

Die Zeitschrift *Das Reich* wird nicht mehr nach Spanheim geliefert, erzählt ihm ein Angestellter, und andere Zeitungen kommen mit großer Verspätung. Manche Neuigkeiten sprechen sich im Ort herum, hinter vorgehaltener Hand. Niemand will zugeben, dass die Quelle der Neuigkeiten ein Feindsender ist.

Am 26. April erfährt Pavel von Pater Hartwig, dem einzigen Benediktiner, der unter Auflagen im Haus seiner Schwester im Ortszentrum lebt, dass Bremen, Stettin und Brünn gefallen seien. Die Russen in Brünn. Jetzt würde es losgehen mit der

Rache an den Deutschen, sofern sie nicht längst geflüchtet sind vor der herannahenden Front. Ob Karel und Janka was tun können für seine Eltern?

Pavel verabschiedet sich eilig von Pater Hartwig, mit dem er auf Spaziergängen immer wieder zusammentrifft und ein paar Worte wechselt. Er will zurück in sein Zimmer. In Alfreds Zimmer. Pavel geht die Hauptstraße entlang. Rechts zuerst die Mauer des Stiftsgartens, dann das Gebäude der Meierei, aber er biegt jetzt nicht ab, um den Hügel hinaufzugehen, er geht weiter geradeaus bis zum Eingang der Filialkirche St. Erhard. Im Kopf ein Rauschen. Die Sicht beginnt zu verschwimmen. Pavel setzt sich in eine Kirchenbank und lässt seine Beine aufs Kniebrett gleiten. Er legt die Unterarme auf die Vorderbank. Sein Kopf sinkt hinunter.

Lotte Prochazka, Kirchbach, 1945

Endlich schläft der Kleine. Lotte horcht auf seinen Atem. Zuvor noch hat sich Herkules erbrochen, wie so oft nach den Hustenanfällen. Wahrscheinlich Keuchhusten, hat der Doktor gesagt. Lotte hat es längst aufgegeben, den Kleinen zurückzulegen ins Gitterbett, wenn er in ihren Armen endlich eingeschlafen ist. Auch in Giselas Zimmer bleibt der Stubenwagen in der Nacht leer, Penelope liegt bei ihrer Mutter, ganz nahe der Brust. „Sag es niemandem", hat Gisela zu Lotte gesagt und den Zeigefinger auf die Lippen gepresst.

Dass Herkules bei Lotte im Bett schläft, wissen nur Gisela, Papa und Hedwig. Dass Lotte den Kleinen *verwöhnt,* wie die Großmutter sagen würde.

Bis vor wenigen Wochen noch hat Lotte Herkules nicht ohne Bedenken an sich gedrückt. Wegen Mama. War er doch der Sohn von Papas neuer Frau. Seit Gisela da ist, wohnt Lotte mit ihr und den Halbgeschwistern unter einem Dach. Mama weiß nichts davon. Lotte will die Mutter schonen, auch wenn sie nicht verstehen kann, warum Mama nicht nach Hause kommt, jetzt, wo der Krieg vorbei ist und die Schulden längst abgezahlt sind. Insgeheim fände Lotte es schön, wenn Mama käme und dann nicht mehr zurückfahren könnte in die

Schweiz. Dann wären sie wieder alle beisammen, Mama, Alfred, Lotte und Fritz. Vielleicht auch Helga. Darauf wartet Lotte schon seit Jahren. Aber Mama will noch länger in Davos arbeiten. Geld ansparen für eine Wohnung in Klagenfurt. Vielleicht ist es auch besser, Mama kommt nicht, solange Gisela, Hedwig und die Kinder noch da sind, denkt Lotte, immer wieder legt sie vernünftige Gründe für Mamas Fernbleiben in die Waagschale gegen das Gewicht ihrer Sehnsucht.

Herkules' Husten, die Erstickungsanfälle und das Erbrechen haben Lottes schlechtes Gewissen der Mutter gegenüber weggespült, der Kleine braucht sie einfach ganz dringend. Ihre Umarmungen sind notwendig geworden. Der Doktor hat geraten, Herkules fernzuhalten von der kaum halbjährigen Penelope. Ohne Lotte wäre das schwer möglich. Wenn Mama dann einmal kommt, werde ich ihr alles erklären, sagt sich Lotte, die das Kriegsende nur entfernt mitbekommen hat während Herkules' schwerer Erkrankung, Tag und Nacht hat sie an der Seite des fiebernden Kindes verbracht. Tag und Nacht den Kleinen getröstet, getragen, gefüttert, geküsst.

Vor einigen Monaten noch trug Lotte die Zöpfe mit Haarnadeln hochgesteckt rund um den Kopf. Danach probierte sie die Rollen und die Brennschere von Tante Renate aus. Nur wenn sie hinüberging zur Großmutter, flocht sie wieder die gewohnten Zöpfe, denn vom *Schönmachen* hielt die Kirchbacher Großmutter nichts. Und seit Herkules krank ist, denkt auch Lotte nicht mehr daran, sich *herzurichten*. Die Großmutter streicht Lotte in letzter Zeit immer wieder über den Kopf, was sie früher nie getan hat, und das Mädchen weiß nicht, was das bedeutet. „Schon recht, dass du Gisela hilfst", hat die Großmutter einmal gesagt, Gisela, die sie die *neueste Eroberung* von Papa nennt, aber Lotte gefällt dieses Wort nicht, denn es klingt nach Krieg. „Sie wird nicht seine letzte Eroberung sein", hat die Großmutter gemeint, aber sonst schimpft sie nicht mehr so viel über Papa wie früher. Lotte scheint es, dass ihr Vater auch bei anderen im Dorf ein größeres Ansehen habe, seit er sie und Fritz Anfang Dezember von Brünn nach Kirchbach gebracht hat. Eine Reise, an die Lotte nicht denken mag. Tiefflieger. Bomben. Unterbrochene Bahnstrecken. Todesangst. Papa war hier nun eine Art Held. Und dass er eine *Hinkende* geheiratet hat, hat ihm weitere Anerkennung gebracht. Auch Gisela gegenüber ist die Großmutter nicht unfreundlich. „Weil sie hinkt", behauptet Tante Renate. „Wenn sie gerade Beine hätte zu diesem schönen Gesicht, dann wäre die Großmutter nicht so gnädig mit ihr."

Papa war von Ende April bis Mitte Mai in Kirchbach gewesen, doch dann musste er dringend zurück nach Graz. Es gab ein Problem mit der Versicherung. Papa meinte, sie würde ihn feuern. Schon davor war er bedrückt, wie Lotte ihn noch nie gesehen hatte, Papa, der immer sofort Mittelpunkt war in jeder Gesellschaft, der viel zu erzählen wusste und dabei übertrieb wie Münchhausen, Papa war auf einmal so ruhig, nicht einmal den Frauen machte er mehr die üblichen Komplimente. Dass er sich sorgte wegen seiner Leute in Brünn, weil dort jetzt die Russen waren, das wusste Lotte, aber sie selbst hatte keinen Platz mehr in ihrem Sorgentopf. Der war gefüllt mit der Krankheit von Herkules, den sie mittlerweile *Brüderchen* nannte und *Brüderlein*, weil sie keine Koseform fand für seinen Vornamen.

Erst musste der Kleine gesund werden, dann gäbe es wieder Platz für die anderen Sorgen. Selbst an Alfred und Fritz hatte Lotte wochenlang kaum mehr gedacht, während der kleine verschwitzte Körper sich an sie klammerte, unterbrochen von Hustenanfällen, und sich an sie schmiegte, wenn die Krämpfe vorüber waren.

Lotte war dabei gewesen, als Papa seine Eltern überreden wollte mitzukommen, aber Großmama sagte: „Nicht einmal im Traum denke ich daran. Seit fast fünfzig Jahren lebe ich hier in Brünn. Nach dem Krieg ist dann auch Schluss mit den Soldatenuniformen, dann werden in unserer Fabrik endlich wieder Kleider genäht." Papa solle sich nur um seine Kinder kümmern und die schnell in Sicherheit bringen. Der Abschied von Brünn fiel Lotte schwer. Die Großeltern zurückzulassen nach dem großen Bombenangriff im November. Zum Glück hatte es ihr Haus in der Pellicogasse nicht erwischt. Aber wenn wieder Flieger kämen.

Auch von Janka hat sich Lotte schwer getrennt. Am Bahnhof nahm Janka Lottes Kopf zwischen ihre Hände und blies dem Mädchen ins Gesicht, so wie sie es oft gemacht hatte, als Lotte noch ein Kind war, Janka nannte es *Sorgen wegblasen*. „Und jetzt du", sagte Janka dann immer und auch dieses Mal wieder. Lotte nahm Jankas Kopf zwischen ihre Hände, um ihr die Sorgen wegzublasen. Zärtlich blies sie in Jankas Tränengesicht.

Lotte lässt die kleine Tischlampe die ganze Nacht über brennen. So kann sie besser über den Atem des Kleinen wachen. Immer wieder schaut sie hinüber zur Kommode, auf der die Postkarte von Fritz steht, angelehnt an eine leere Vase aus Glas. Auf der Karte ist das Stuttgarter Schloss zu sehen, ein prächtiger Bau. Voll Begeisterung hatte Lotte den Kartengruß ihres Bruders allen gezeigt. Aber die Erwachsenen runzelten nur die Stirn und sagten, „so sieht es dort jetzt wohl nicht mehr aus".

Fritz hatte beim Kreisleiter in Hermagor vorgesprochen, und dann war er auch noch zu Doktor

Mühlberger gegangen mit seinem Wunsch, doch endlich einrücken zu dürfen. Von Stuttgart kam dann diese Karte und danach nichts mehr. Fritz werde schon noch heimkehren, hat Doktor Mühlberger gesagt, und Lotte wollte sich drauf verlassen. Es gebe seit Kriegsende so viel Durcheinander, man müsse einfach Geduld haben und warten. War ja auch Alfred auf einmal in der Tür gestanden, drüben bei der Großmutter, die ihn erst ins Haus ließ, nachdem er in einem Holzschaff ein Bad genommen hatte im Garten. Allein durchgeschlagen hatte sich Alfred vom Mölltal über den Weißensee bis ins Gailtal. Mit Herkules am Arm brachte Lotte dem Bruder ein Handtuch und frische Sachen zum Anziehen aus dem Schrank von Tante Renates Mann, der noch nicht zurückgekommen war aus dem Krieg.

Auch Fritz werde ich ein Handtuch bringen und frische Wäsche, denkt Lotte jetzt und stellt sich vor, wie ihr Bruder ein Bad nimmt unter den blühenden Bäumen von Großmutters Garten.

Alfred wohnt drüben bei der Großmutter, er hilft beim Holzmachen, im Stall und draußen am Feld, sobald er gefrühstückt hat nach dem Besuch der Frühmesse. Alfred betet jetzt auch vor dem Essen. „In St. Paul haben sie ihm das Beten beigebracht, das hätte ich nicht erwartet“, hat die Großmutter neulich gesagt und dabei den Kopf geschüttelt. Alfred möchte die Matura nachholen und dann Theologie studieren. Pfarrer will er auf einmal werden.

Der Kleine beginnt wieder zu husten. Lotte schlüpft schnell in ihre Hausschuhe und hebt das Kind behutsam hoch. Auf und ab gehen wird sie wieder mit ihm, in aufrechter Haltung ist das Husten nicht so bedrohlich. Mit einem Arm drückt sie Herkules an sich, während sie das Fenster schließt. Hoffentlich wachen Gisela und Penelope nicht auf, denkt Lotte. Mit der rechten Hand beginnt sie sacht gegen den Rücken des Kindes zu klopfen.

Emma Prochazka, Davos, 1945

Am Ufer des Davoser Sees posiert Emma in einem getupften Sommerkleid. Sie gibt einer jungen Frau Anweisungen für ein Foto, das ihren Kindern sagen sollte: Mir geht es gut hier in Davos.

Emma hat Lotte geschrieben, dass sie noch einiges verdienen wolle für die gemeinsame Zukunft in Österreich. Ein Besuch zu Hause sei ein zu großes Wagnis. Es müsse sich erst alles beruhigen, am Ende würde man sie sonst nicht mehr hineinlassen in die Schweiz, nach all dem Durcheinander seit Kriegsende.

Das werdet ihr schon verstehen, schrieb Emma in ihrem letzten Brief, *und außerdem ist ja jetzt Helga bei euch.*

Kein Wort hat sie erwähnt vom Ausweisungsbescheid, den sie erhalten hatte, kein Wort von ihrem Wiedererwägungsgesuch. Ja, man würde sie anhören und dann entscheiden. Alle aktiven Mitglieder der NSDAP in Davos sollten das Land verlassen. Angehörige der SS, der Gestapo, der SA und des SD, die waren schon längst weg, das wusste Emma.

Naziverseucht sei Davos wie kein anderer Schweizer Ort, so stand es in den Zeitungen. Und jetzt müsse *gesäubert* werden. Die Freundlichkeit vieler Schweizer hat Anfang Mai ein Ende genommen. Monatelang hatte es schon Gerede gegeben, gesunde Nazis würden in den Davoser Heilstätten und Sanatorien das Ende des Kriegs abwarten. Bald sollten die Kurgäste nur mehr von Schweizer Ärzten untersucht werden. Damit die Schwindeleien der deutschen Ärzte ein Ende nähmen.

Nach der Auflösung der NSDAP am 1. Mai gab es viele Hausdurchsuchungen. Und bald darauf erste Schließungen. „Ein Glück, dass die Deutsche Heilstätte weitergeführt wird“, meldete Emma nach Hause.

Heute ist sie mit einer jungen Angestellten der Heilstätte unterwegs, einer Küchenhilfe aus Berlin, die nicht zurückgekehrt war, als der Führer die Gebärfähigen heimgerufen hatte ins Reich. Nach dem Fotografieren lassen sich die beiden auf einer Bank am Seeufer nieder. Emma kramt in ihrer Handtasche, bis sie das Etui mit der Sonnenbrille findet. Die setzt sie auf. Dann zieht sie ein Kuvert aus der Tasche. Wie oft hat sie den Bescheid schon durchgelesen. Nun schaut sie nach rechts und nach links, ob jemand in Hörweite ist, nein, und dann liest sie der Jüngeren die schicksalhaften Sätze vor. Obwohl Emma meint, das Mädchen verstehe wenig von alldem, denkt sie hinterher laut nach.

„Habe ich mich *besonders aktiv im nationalsozialistischen Sinn betätigt*? Bei der Anhörung werde ich sagen, dass ich nur Kuchen und Torten gebacken habe für die Feiern der NSDAP. Und Socken und Handschuhe gestrickt fürs Deutsche Winterhilfswerk. Ich werde die Herren fragen, ob Keksteig und Wolle was Politisches ist."

Die junge Frau lacht und kann sich kaum halten, sie streicht über ihren hüpfenden Bauch.

„Jetzt schaukelt das Kleine da drinnen", sagt Emma.

Zum Glück hat das Mädchen ihren Elektriker schon im April geheiratet, einen Schweizer. „Ich brauche mir keine Sorgen mehr zu machen, dass sie mich hinauswerfen", sagt sie und legt beide Hände auf ihren Bauch.

Emma seufzt. Sie darf die Schweiz, sie darf Davos bis zu ihrer Anhörung nicht verlassen. Gleich mehrere Personen hatten sich für sie verbürgt. Sonst wäre Emma bis zur Entscheidung in ein Lager gekommen.

Teil II

Am frühen Morgen mache ich meine erste Runde durch den Garten. Barfuß. Die Steinplatten des Weges sind noch kühl, das Gras ist taunass. Der Wind bringt die Gerüche des nahen Hafens. Noch sind keine Motoren zu hören, umso lauter klingt das Gekreisch der Möwen.

Nur noch zehn Tage, dann muss sich das Haus wieder dehnen. Ob es ächzen wird oder seufzen. Mehr als fünfzehn Personen werden hier wohnen. Alle haben zugesagt für das heurige Treffen. Lotte und Alfred mit ihren Familien. Fritz kommt wie immer allein. Michael und die Seinen campieren wie üblich im Garten. Walter und Liesel aber haben heuer im Hotel Diana ein Zimmer gebucht.

Mama kommt nicht mehr zu unserem Treffen Anfang September, obwohl wir uns hier immer zusammengefunden hatten, um ihren Geburtstag zu feiern. An ihrem fünfundachtzigsten schlug sie zu Mitternacht mit dem Löffel gegen ein Glas, so lange, bis es völlig still war rund um den Tisch. „Das war mein letzter Geburtstag am Meer", verkündete sie, „von jetzt an werde ich nicht mehr so weit verreisen. Ich möchte mich nur mehr in einem kleineren Radius bewegen, höchstens 120 Kilometer. Das Treffen aber soll weiter hier stattfinden, wie gehabt, am Ende der Ferien. Das ist mein Wunsch und Wille."

Alle schwiegen nach diesen Worten.

„Es ist spät geworden, Kinder“, sagte Mama. „Vielen Dank für die schöne Feier. Jetzt aber gute Nacht.“ Dann stand sie auf und ging ins Haus.

Wir saßen noch zwei Stunden zusammen. Rätselten über Mamas Motive. Ich hatte immer das Gefühl gehabt, sie würde die Tage hier genießen, umgeben von Kindern, Enkeln und Urenkeln, und sie liebte es, von Fritz in Klagenfurt abgeholt und ans Meer chauffiert zu werden.

Hatte ich mich zu wenig bemüht in all den Jahren der großen Zusammenkünfte am Ende des Sommers? Wollte sie ihren Geburtstag nun allein verbringen?

Fritz erzählte, Mama habe ihn schon vor Wochen über Entfernungen befragt. Wie weit es von Klagenfurt nach Marburg sei und wie weit nach Grado. Fahrkilometer und Luftlinie hatte sie wissen wollen.

„Jetzt verstehe ich“, sagte Fritz, „warum Mama sich dafür interessiert hat. Marburg liegt unter der Grenze von 120 Kilometern Luftlinie, Grado darüber. Nach Marburg also wird sich Mama weiterhin chauffieren lassen.“

Im Sommer, zur Zeit der großen Paradeiser- und Paprikaernte, fuhr Mama seit Jahrzehnten nach Marburg. Paradeiser und Paprika, so fleischig wie nirgends sonst, kaufte sie dort am Markt zu *Schleuderpreisen* ein, in riesigen Mengen. Zugleich besuchte sie in Marburg ihre Kusine Herta, die mit einem Jugoslawen verheiratet war. Zurück in Klagenfurt war Mama dann drei Tage beschäftigt, Letscho einzukochen für den Winter. Jeder von uns bekam zehn Rexgläser mit Letscho, auf die Klebeetiketten schrieb Mama auch unsere Namen.

Fritz hatte recht. Bei den Fahrten nach Marburg blieb es, aber nach Grado ist Mama nicht mehr gekommen. Sie will auch kein Vor- oder Nachfeiern des Geburtstags in großer Runde. Mama wünscht uns seither einzeln, höchstens zu zweit. Nur anrufen müssen wir sie, wenn wir alle hier zusammen sind. Sagen, wie sehr sie uns fehlt.

Ich gehe rund ums Haus. Die Nordseite bereitet mir Sorgen, da blättert die Wand ab. Statt sie neu zu verputzen und zu streichen, könnten wir auch dort Kletterpflanzen ansetzen, meint Max. An drei anderen Hauswänden sind Efeu und Sternjasmin hochgeklettert. Nur an den Fensteröffnungen ausgeschnittene Quadrate, sonst ist alles verwachsen.

Max ruft nach mir. Das Frühstück ist fertig. Morgens und abends essen wir immer im Freien, unter der Pergola. Auf dem Teller mit Käsescheiben liegen blaue Trauben. Die hat Max gerade geerntet. Immer findet er etwas im Garten, womit er die Teller schmückt und den Tisch. Oft sind es Blüten der Kapuzinerkresse, manchmal legt er einfach ein paar Nadeln und Zapfen vom Pinienbaum neben Besteck und Serviette. Oder Reihen aus leeren Muscheln und Meeresschnecken vom Strand.

„Lass seine Hand nie mehr los“, hat mir eine Tante zugeflüstert. „Wenn ich so einen gehabt hätte!“

Ich weiß. Ich lasse seine Hand nicht mehr los.

„Heute könnten wir die Getränke besorgen“, sagt Max. Wir haben notiert: Säfte, Mineralwasser und Bier in Kisten. Den Wein liefert unser Winzer aus Aquileia direkt ins Haus.

Am späten Nachmittag gehe ich nochmals durch den Garten. Mein Weg endet wie immer beim Stockmalvenbeet. Ich löse Samen aus reifen Blütenkapseln und sammle sie in einem Papierstanitzel. Im Geiste steht Irene neben mir. Seit Jahrzehnten ist sie nicht gealtert. Immer noch trägt sie dieselbe Frisur. Die leicht gewellten Haare bis kurz unter die Ohren.

Mit StreichenKlopfenDrücken habe ich alles in Irenes Hand gesprochen.

Irene war taubblind. Mit sechzehn Jahren hatte sie Augenlicht und Gehör verloren. Nach dem Besuch der Handelsschule kam der Sturz in die Nacht. Durch das Lorm-Alphabet, mit dem sie im Blindeninstitut vertraut gemacht wurde, fanden wieder Sätze zu ihr. Lange Striche, kurze Striche, von der Fingerspitze Richtung Handwurzel, das Antippen der Buchstaben-Punkte, das Klopfen mit mehreren Fingern.

Kost, Logis und Arbeit hatte ich damals im Grazer Odilien-Institut in der Leonhard-Straße. Weil meine Mutter Köchin war, sollte ich in der Küche helfen. Weil ich Klavier spielen konnte und singen, auch Musikunterricht geben. Zwischendurch musste ich die Treppenhäuser wischen. Hin und wieder durfte ich die Blinden auf Spaziergängen begleiten.

Zuerst hatte ich Irene nur beobachtet. Um mit ihr sprechen zu können, lernte ich das Lorm-Alphabet. Ich übte Abend für Abend. Drei Wochen lang. Dann ging ich zu Irene, berührte sie vorsichtig am Ellbogen und fuhr den Unterarm entlang bis zur Handkante. Das vereinbarte Zeichen für den Beginn eines Gesprächs. Irene hielt mir die rechte Hand hin zur Begrüßung, danach den Handteller fürs Lormen von Sätzen. Ich strich und tippte: „Ich heiße Helga. Seit einem Monat arbeite ich hier im Institut. Ich bin Mädchen für alles." Es ging schnell, diese drei Sätze hatte ich immer wieder geübt. Irene lachte und fragte nach meinem Beruf. „Ich bin Franziskanerin. Schulschwester", lormte ich ihr in die Hand, langsam und holprig, „ich wollte Lehrerin werden." Irene hielt inne. Dann fragte sie: „Die Zeit jetzt erlaubt es nicht?" – „Nein", antwortete ich.

Die Zeit aber erlaubte andere Dinge. Bei einer Feier der Nazis wurde Irene auf einem goldenen Thron in den Festsaal getragen. Als germanische

Göttin. Sie trug ein weißes Spitzenkleid und eine blonde Perücke über ihrem dunklen Haar. Dass sie getaufte Jüdin war, blieb den Nazis lange verborgen.

Einmal ließ man sie die Büste des Führers abtasten. Die Stirn weise auf einen wertvollen Menschen hin, sagte Irene. Die Züge des Gesichts seien sympathisch, es handle sich um einen Mann mit ungewöhnlichen Fähigkeiten.

Ich gehe zurück zum Tisch unter der Pergola und sortiere Stoffreste aus Leinen, Baumwolle und Seide. Die habe ich geschenkt bekommen, von der Nachbarin gegenüber. Irene würde sich freuen. Sechsundvierzig Jahre sind vergangen, seit ich sie zum letzten Mal gesehen habe. Dieses Jahr werden es kleine Stoffbeutel sein, in die ich die Blumensamen abfülle zum Verschenken.

Fünf Jahre war ich in Irenes Nähe gewesen. Im Sommer 1944 durfte ich sie sogar für zehn Tage nach Seckau begleiten. In den Urlaub. Eine Hochebene, rundherum Berge.

Sie lege sich jetzt einen Vorrat an, sagte Irene, einen Vorrat an schönen Erinnerungen. Ich lachte und meinte, der Raum dafür müsse sehr groß sein, wenn sie alles bewahren wolle, allein die Tage in Seckau bräuchten ein eigenes Lager. Irene sprach von ihrem Gefühl, ihr wäre die Zeit hier geschenkt, um künftiges Leid besser ertragen zu können.

Wir streiften zusammen durch Wiesen und Wälder. Manchmal zogen wir die Schuhe aus und die Strümpfe, um den weichen Klee zu spüren und das feuchte Moos unter unseren Füßen, wir sammelten Brombeeren und Pilze, und obwohl Irene das Plätschern nicht hörte, wollte sie oft am Bachufer sitzen, ganz nahe dem sprudelnden Wasser. Mit den Fingern tastete sie Blumenstängel entlang, befühlte Blätter und Blüten. Ich fragte mich, ob ihr Bilder dazu kämen auf einer inneren Leinwand.

Wir hatten unser Quartier außerhalb des Ortes, in einem Holzhaus am Weiermoar-Teich. Im Vorgarten ein ausgehöhlter Baumstamm als Blumentrog für Geranien. Blau, weiß und rot. Auf den Weiden rundum grasten Kühe.

Zweimal marschierte eine Gruppe uniformierter Buben vorbei, im Gleichschritt. „Woher kommt ihr?“, fragte ich den um einige Jahre älteren Begleiter. Im Stiftsgebäude von Seckau sei eine NAPOLA untergebracht, erklärte er mir. Ich dachte sofort an Alfred. Selbst noch Schüler, musste er mittlerweile in St. Paul die jungen Zöglinge unterrichten.

Wir sammelten Wildkräuter und banden sie mit Grashalmen zu kleinen Sträußchen. Die hängten wir an der Rückwand des Hauses zum Trocknen an rostige Nägel. Irene wollte allen etwas mitbringen aus dem Urlaub, die Sträußchen würde sie in Graz noch mit selbst gedrehten Kordeln aus bunter Wolle abbinden. Irenes Vorfreude, die duftenden Bündel verschenken zu können.

Sie liebte es, an efeubewachsenen Bäumen zu stehen, die hochkletternden Blätter zu betasten und die Borke des Stammes darunter, sie liebte es, Tannen- und Zirbenzapfen zu fühlen, leere Schneckenhäuser und Steine in allen Größen und Formen. Irene tastete über glatte und raue Blätter, über behaarte und dornige, sie mochte es, Fichtenzweige durch ihre Hände gleiten zu lassen. Sie wollte alles spüren. Nur einmal, als sie ein Stück einen Stacheldrahtzaun entlangfuhr, da schreckte sie mit der Hand zurück. Für wenige Momente verschwand das Lächeln aus ihrem Gesicht.

Bei karierten Stoffresten fällt es mir besonders leicht, sie in quadratische Stücke zu schneiden. Es sind quadratische Stücke mit wellenförmigen Rändern. Die Wellenschere habe ich erst gestern in einer Auslage gesehen und gleich gekauft. In der *merceria* nahe dem Hafen. Ich lege die Quadrate nebeneinander auf. Auch Borten und Spitzen gab es in der *merceria*, am liebsten hätte ich welche mitgenommen. Ein Gefühl von Nostalgie.

Irene hat mir ein Foto vom Tag ihrer Taufe geschenkt: die Vierzehnjährige in einem weißen Kleid mit Klöppelspitzen. Nach der Bürgerschule hatte Irene die Handelsschule der Schulschwestern in Graz besucht, sie wollte Beamtin werden. Im letzten Jahr habe sie bereits Probleme beim Hören bemerkt, erzählte sie mir, aber sie habe versucht, es zu verbergen, weil sie diese Schwierigkeit selbst nicht wahrhaben wollte. Zwei Monate nach Abschluss der Ausbildung war Irene taub. Hörschwund, sagten die Ärzte. Zu schwinden begann danach auch ihr Sehsinn. Schon zu Weihnachten konnte Irene die Verwandten nicht mehr unterscheiden, trotz großer Bemühung, sie waren für sie nur noch Schatten, und im Frühling darauf wurde alles um Irene herum dunkel. *Kerkerhaft des Geistes* nannte sie den Zustand, sie erzählte mir von tiefster Verzweiflung, von ihrem Wunsch zu sterben in diesen Wochen.

Am Blindeninstitut lernte Irene dann die Braille-Schrift. Konnte wieder lesen. Begann zu dichten. Und machte eine Ausbildung in Sesselflechten und Bürstenbinden.

Arbeit, sagte Irene, sei für sie die einzige Medizin gegen den Trübsinn. Nach zehn Jahren im Institut erlernte sie auch das Handwerk der Buchbinderei. Dann kam der Auftrag, ein Lesebuch für Blinde zwanzig Mal in Blindenschrift abzuschreiben und zu binden.

Irene korrespondierte mit Leuten, die an ihrem Schicksal Anteil nahmen. Einem alten Professor schrieb sie, wie gerne sie zehn Jahre ihres Lebens geben würde, wenn dadurch seine Kopfschmerzen dauerhaft ausblieben – aber gleich danach bemerkte sie, das sei ein egoistischer Wunsch, denn dadurch würde ihr eigenes Leid um zehn Jahre verkürzt.

Durch das Interesse und Mitgefühl der Menschen, sagte Irene, bekomme sie Mut und Kraft. Sie könne weiter tapfer sein und das Leid still tragen. Wolle auch in Dunkelheit und Stille etwas Wunderbares finden. Hätte keinen Grund, *kopfhängerisch* zu sein.

Die Hand, sagte Irene, verbinde sie mit den Menschen. Sie könne an den Zusammenziehungen der Muskeln die Stimmung, manchmal auch die Gedanken ihres Gegenübers erraten. Jemanden zu sehen bedeute für sie, ihre Hand in die des andern zu legen.

Manchmal habe ich versucht, die Augen zu schließen. Alles mit den Händen zu *sehen*, wie die Zöglinge im Blindeninstitut. Die ertasteten die Körper von Modelltieren und formten sie mit Plastilin nach. Wenn ich unterwegs war im Wald über dem Hilmteich, habe ich immer Ausschau gehalten nach interessanten Dingen für die Schule, habe Moose und Flechten gesammelt, Zapfen von Nadelbäumen, Schieferstücke, Knochenreste von Wildtieren und Vogelfedern.

Jetzt liegen schon fünfundzwanzig Stoffquadrate vor mir auf dem Tisch. Ein großes Quadrat aus vielen kleinen. Nun noch die Kordeln. Rotes, blaues, grünes und gelbes Garn habe ich gestern dafür gekauft. Die Terrassentür als Helfer. Um die Klinke herum spanne ich den Faden, verknüpfe beide Enden und beginne zu drehen.

Vom kleinen Haus am Weiermoar-Teich sind wir oft in den Ort hinuntergegangen, ins Kaufhaus oder in die Café-Konditorei. In den Gärten blühten Sonnenblumen, Phlox, Goldruten und Chrysanthemen. Neben einem Haus entlang der Ortsstraße sah ich etwas Weißes hinter einem Wald aus zwei Meter hohen, leuchtenden Stauden. Näher kommend erkannte ich den Kopf einer alten Frau. Ich grüßte sie und fragte nach dem Namen der Pflanzen in ihrem Garten. „Stockrosen", sagte die Frau, „auch Bauernrosen genannt. Oder Stockmalven." So viele Namen, so viele Farben: Gelb, Rot, Dunkelviolett. Ich lormte Irene in die Hand. Die Frau beobachtete uns, und als ich wieder zu ihr hinsah, standen Tränen in ihren Augen. „Hier im ehemaligen Färberhaus", sagte die alte Frau und zeigte auf das Gebäude, in dessen Garten sie stand, „da haben früher Kranke gewohnt. Das Siechenhaus gehörte zum Stift." Dann flüsterte sie nur noch. „Die Nazis haben die Mönche verjagt. Und ein paar Jahre später wurden die Kranken geholt."

Irene schaute mich fragend an. „Ich spüre etwas“, sagte sie, „was ist passiert?“ Zum ersten Mal log ich mit meinem Streichen, Klopfen und Drücken, ich log Irene in die Hand.

Nichts, schrieb ich, nichts sei passiert. Nur könne ich angesichts all dieser Blüten nicht glauben, dass auf der ganzen Welt ein unheilvoller Krieg tobe. Und dass die Nazis die Herren seien.

Irene schwieg.

Die alte Frau hatte mein Interesse an den Stockmalven bemerkt. „Nehmen Sie sich Samen mit, so viel Sie wollen.“ Die Frau ging ins Haus und kam mit Packpapier zurück, das sie zu einem großen Stanitzel rollte. Wir drückten die Samen aus reifen, schon leicht geöffneten Blütenkapseln und füllten sie in die Tüte. Irene hatte sofort einen Plan. Nicht nur wollte sie Samen entlang der Mauern des Blindeninstituts ausstreuen, sondern auch kleine Stoffsäckchen nähen, um die Samen dieser leuchtenden Pracht zu verschenken.

Am letzten Abend des Urlaubs bat mich Irene zu singen. Wir saßen auf der Bank vor dem Haus. Weil es kühl geworden war, legte Irene ihr selbst gestricktes Tuch über unsere Schultern. Sie schlang den rechten Arm um meinen Rücken. Hielt mit der Hand den Tuchzipfel fest. Mit der anderen Hand umfasste sie mein Kinn, fast ohne es zu berühren. Daumen und Finger an meinen Wangen. „Bitte den *Lindenbaum*“, sagte sie, „den habe ich

noch immer im Ohr. Bitte alle drei Strophen."
Während ich sang, legte Irene den Kopf an meine Schulter. Ich hätte das Lied gerne immer wieder von vorne begonnen.

„Was wirst du machen, wenn der Krieg vorbei ist?", fragte Irene, und ich wusste keine Antwort darauf. Mein Kloster war seit 1939 aufgelöst, die Mitschwestern in alle Winde zerstreut. In den Jahren der Trennung vom Konvent waren mir Zweifel gekommen. Ob ich mich noch einmal einfügen könnte in die Gemeinschaft der Schwestern. Ob ich noch einmal bedingungslos gehorsam sein wollte.

Ich drehe fünfundzwanzig Kordeln, farblich abgestimmt auf die Stoffe. Dann streue ich Stockmalven-Samen in die Mitte der Quadrate, hebe deren Ecken hoch und binde Kordeln um die kleinen Beutel herum. Schließe sie mit Knoten und Maschen. Irene hat selbst genähte Säckchen verschenkt. Trotz der Kontrolle durch ihre Augen hätte ich niemals Irenes sicheren Umgang mit Nadel und Faden.

Auch mir hatte Irene ein Säckchen geschenkt. Nachdem ich den Orden verlassen hatte, habe ich die Samen in Kirchbach ausgesät. Im Garten der Großmutter und an der Mauer des Schlosses. Im Jahr darauf sah ich Blattrosetten wachsen, nach zwei Jahren hohe Stängel voller Blüten in Gelb,

Rot und Dunkelviolett. Ich erntete deren Samen und säte sie wieder aus, wo immer mein Zuhause war, viereinhalb Jahrzehnte lang. Zuletzt hier, an der Südseite des Hauses am Meer.

Drei Wochen nach unserer Rückkehr aus Seckau kam die Gestapo ins Haus. Um Irene abzuholen. Nur wenig Gepäck durfte sie mitnehmen. Es ging nach Theresienstadt.

Wer Irene verraten habe, sagte der Leiter der Blindenanstalt, das müsse für immer ein schreckliches Geheimnis bleiben. Es hatte eine Anzeige gegeben. Ob Irene wusste, was auf sie zukam. Ob sie verstand, wohin man sie brachte. Ob irgendjemand in Theresienstadt lormen konnte, frage ich mich bis heute, oder ihr wenigstens Druckbuchstaben auf den Handteller schrieb.

Ein Brief ist noch von dort gekommen, dann nichts mehr. Es hieß, Irene habe ihren Verrätern verziehen.

* * *

Nach Kriegsende übersiedelten die Blinden von St. Paul wieder zurück nach Graz. Im Odilien-Institut begann das große Aufräumen. Im Gebäude und im Hof. Zuletzt waren Teile des Hauses für militärische Zwecke in Verwendung gewesen, drei Reihen Stacheldrahtzaun umgaben das Gelände. Die Klaviere standen im Hof, Regen und Sonne ausgesetzt, dazwischen Scherben und Schutt.

Zu dieser Zeit schrieben mir Mama und Papa, meine Geschwister würden mich brauchen. Ich solle mich doch endlich um sie kümmern.

Vom Orden erging die Aufforderung an alle Schwestern, wir sollten zurückkehren ins Mutterhaus. Ich wollte nicht zurückkehren. Meine zeitlichen Gelübde waren längst abgelaufen und noch nicht erneuert, mein Glaube war brüchig geworden. An einen Gott, der zugesehen hatte, wie das von ihm erwählte Volk in den Gaskammern zu Tode gekommen war, konnte ich nicht mehr glauben. Vom Orden wollte ich nichts, nur meine Freiheit. Dass ich entbunden werde. Ich wollte mich der Welt aussetzen, wollte mich außerhalb klösterlicher Schutzmauern bewähren. Nach all dem Sterben in sechs Jahren Krieg war in mir plötzlich auch der Wunsch da, Leben weiterzugeben.

Der Abschied von den Blinden fiel schwer. Hätte es mich nicht so sehr zu meinen Geschwistern gezogen, wäre ich in Graz geblieben. Nach Gesprächen im Kloster brachte ich meinen Habit zurück. Packte das Wenige ein, das ich besaß. Es bedurfte noch einiger Formalitäten, dann konnte ich mich aufmachen ins Gailtal.

In Kirchbach feierten alle mein Kommen, als wäre es die Rückkehr einer verlorenen Tochter. Wie für ein Festmahl wurde aufgetischt, was Garten und Verstecke hergaben. Im Wald hinter der Mühle hatte die Familie Wein eingegraben, in einem Verschlag beim E-Werk am Bach Schweine herangefüttert, die nicht registriert waren. Lotte pflückte Blumen und band sie zu einer Krone, „da, für dich", dann legte sie den Kranz auf meinen Kopf. Eine Woche davor erst gab es ein Festessen für Fritz, dessen Heimkommen von seiner FLAK-Stellung bei Stuttgart sich verzögert hatte.

Fritz wirkte verschlossen, er sprach kaum. In seinem Blick lag etwas Fremdes, die alte Vertrautheit wollte sich nicht mehr einstellen. Mit Lotte und Alfred ging es so einfach, die Jahre der Trennung waren schnell eingeebnet. An heißen Tagen verbrachten wir viel Zeit unten am Gailfluss. Wir wateten gegen die Strömung, suchten Mulden mit tieferem Wasser zum Schwimmen oder ließen uns in Totenstellung ein Stück treiben, wie in den Sommern viele Jahre zuvor. Saßen am Ufer, den Blick auf die Karnischen Alpen, auf die Lärchen, die hinauf bis zur Baumgrenze wuchsen. Lottes Seufzen, wie schön es hier sei ohne einfliegende Bomberverbände. Manchmal hatten die auch nur

Flugblätter abgeworfen, ganze Bündel davon haben die Bewohner nach der Schneeschmelze gefunden. Wir erfreuten uns in diesen Tagen an lang entbehrten Nahrungsmitteln. Selbst an italienischem Reis und Kaffee mangelte es in Kirchbach nicht. Am liebsten kochten wir Risotto, einmal mit Spinat, dann mit Paradeisern oder Kürbissen, herrliches Risotto! Die Kleinen meinten, das Gericht wäre nach Onkel Otto benannt, der den Reis aus Italien mitgebracht hatte. Auf welche Weise, das wussten wir damals noch nicht. Onkel Otto hatte einen toten Leutnant aus Italien in die Heimat zu transportieren gehabt. An der Unterseite des Sarges hatte er einen 100-Kilo-Reissack festgebunden. So kam der nach Kärnten, ohne Kontrolle. Wir verbrauchten die letzten Kilo aus diesem Sack.

Großmutter sagte, Lotte sei als Nervenbündel nach Kirchbach gekommen. Es war nicht daran zu denken, sie nach Hermagor in die Schule zu schicken, wegen der Tieffliegerangriffe auf die Gailtalbahn. Die Schüler mussten auf der Plattform des letzten Waggons stehen. Wenn es ernst wurde, ertönte ein Pfeifsignal. Der Zug bremste scharf. Dann hieß es abspringen und Schutz suchen. Lotte hatte schon davor zu viel mitgemacht. Die Bomben auf Brünn, die gefährliche Flucht. Durch das Trösten und Beruhigen des kleinen

Herkules habe sie zuletzt ihre Furcht überwunden, erzählte Großmutter, den Wunsch, selbst getröstet und beruhigt zu werden. Wie gelassen Lotte in den Keller gegangen sei beim Heulen der Sirenen, immer das Kind am Arm, ihren Mund an seinem Ohr, leise singend.

Als Gisela, Hedwig und die Kinder Kirchbach verlassen hatten, fand ich Lotte oft im Hof bei den Hühnern. Dann waren ihre Augen feucht oder gerötet. „Wenn ich die Hühner sehe, muss ich sofort an Brünn denken und an die Großeltern", sagte Lotte.

Im dritten Kriegsjahr hatte Fritz in Brünn mit Großpapa einen Hühnerstall gebaut. Hinter dem Haus, am Abhang des Spielbergs. Es war Lottes Idee gewesen, Hühner anzuschaffen, das Füttern und Eierholen wurde ihre Aufgabe. Nachdem ein Huhn zuerst auf die Terrasse und von dort ins Haus spaziert war, zum Entsetzen von Großmama, fertigte Fritz einen Zaun an, mit Ästen, die er aus dem Wald geholt hatte.

Hangabwärts fanden die Hühner Würmer, Insekten, Schnecken, Blätter und Gras, nur im Winter mussten sie gefüttert werden, sich mit Kartoffelschalen und anderen Küchenabfällen zufriedengeben. Zeitweise stellten sie dann das Eierlegen ein.

Lotte hat mir erzählt, dass die Hühner anfangs vor ihr davonliefen, doch es gelang ihr, sie zu zähmen. Dann kamen die Hühner auf sie zu, sobald sie das Gehege betreten hatte. Lotte sprach mit ihnen, durfte sie sogar streicheln. Oft saß sie mit Papier und Feder innerhalb der Umzäunung auf einem Baumstumpf und zeichnete. Ein ganzes Heft voller Hühnerzeichnungen war in ihrem Rucksack, als Lotte mit Papa und Fritz aus dem bombardierten Brünn nach Kirchbach kam. Lottes Hühner und Paul Floras Krähen, ihre Schöpfer müssen seelenverwandt sein.

Wir hatten damals schon von der Vertreibung der Deutschen aus Brünn erfahren, von den vielen Flüchtlingen gehört, die über die Grenze gekommen waren, aber keine Nachricht vom Verbleib unserer Großeltern. Papa hatte über mehrere Ecken erfahren, seine Eltern hätten mit zwei Koffern Brünn verlassen, hätten sich zu Fuß auf den Weg nach Österreich gemacht, zusammen mit Tausenden Deutschen.

Fritz meinte damals, es würde Tschechen geben, die für Großpapa aussagen könnten. Zwei habe er angestellt, damit sie keine Arbeitsverpflichtung ins Altreich bekamen und in Brünn bleiben konnten, die müssten doch dankbar sein. Mit Großpapas Nationalität aber war es nicht so einfach: Großpapas Vater war gebürtiger Tscheche, der in eine deutsche Industriellenfamilie eingeheiratet hatte. Auf dem Papier wurde unser Großpapa erst 1918 zum Tschechen, als die Zeit der k. k. Monarchie zu

Ende war, mit der Gründung der Ersten Tschechoslowakischen Republik, 1939 dann aber Bürger des Deutschen Reiches. Er hatte sich beide Male zusammen mit Großmama dafür entschieden.

Dass in seinem Elternhaus mittlerweile Russen wohnten, hatte Papa in Erfahrung gebracht, und dass auch Janka fort war. Janka, die Lotte versprochen hatte, sie würde sich um die Hühner kümmern. Was wohl mit den Hühnern geschehen sei, fragte Lotte einmal beim Mittagessen.

„Die Russen haben mit ihnen Suppe gekocht, was sonst“, antwortete Fritz.

Ich hatte die mährischen Großeltern immer nur für wenige Tage am Semmering getroffen. Im vierten Kriegsjahr war ich nach Brünn gefahren, um Lotte und Fritz zu besuchen. Damals sah ich zum ersten Mal das Haus in der Pellicogasse, das ich bis dahin nur aus Erzählungen gekannt hatte und von einigen Fotos. Als Janka mir geöffnet und mich zu Großmama ins Klavierzimmer begleitet hatte, goutierte Großmama ganz ausdrücklich meine zivile Kleidung. Im Südbahnhotel, einige Jahre zuvor, hatte sie mich zuletzt in Ordensgewand gesehen. Das hatte ihr missfallen. Zu viel Aufsehen hätte ich hervorgerufen mit dieser Kleidung.

In Kirchbach öffnete Lotte immer wieder ihre Notenhefte. Sie sagte, sie rieche darin Großmamas Parfum. Wenn Großmama unter die Notenlinien Ziffern für den Fingersatz schrieb und musikalische Vortragszeichen, dann hätte ihr parfümiertes Handgelenk die Seiten berührt.

Papa hatte sich ans Rote Kreuz gewandt, er hatte auch inseriert, um seine Eltern zu finden. Im Juli kam endlich ein Lebenszeichen. Die Großeltern waren Anfang Juni ohne Koffer in Poysdorf angekommen und dort an Typhus erkrankt. Sie hatten vergeblich versucht, Papa zu erreichen. Der war zu dieser Zeit im Gefängnis. Registrieren wollten sie sich nicht lassen, denn es ging das Gerücht um, dass registrierte Flüchtlinge abgeschoben würden, nach Deutschland.

Papa fuhr mit dem Wagen seines Schwiegervaters nach Niederösterreich, besorgte die nötigen Papiere zum Überschreiten der Zonengrenzen und holte seine Eltern aus Poysdorf nach Graz.

Irgendwann im Juli sprachen wir darüber, dass meine Geschwister im Herbst wieder zur Schule gehen mussten. Alfred hatte sich bereits um eine Aufnahme im Stiftsgymnasium St. Paul bemüht, die NAPOLA und der Ortsname Spanheim waren seit Mai Geschichte. Ehemalige NAPOLA-Schüler wollten die zurückgekehrten Benediktiner nicht als Zöglinge an ihrer Schule. Doch bei Alfred machten sie eine Ausnahme. Sein Wunsch, Priester zu werden, hatte Gewicht. Eine Familie auf dem Herzogberg bei St. Paul, mit der Alfred sich angefreundet hatte, bezeugte seine Herz-Jesu-

Weihe im Herbst 1944. Vielleicht hatten sich auch unsere Onkel für ihn eingesetzt, einer war ehemaliger Zögling der Benediktiner in St. Paul, ein anderer Pfarrer im Görtschitztal.

Auch die Zwillinge sollten die Matura machen, auf Mamas und Papas Wunsch. In Villach gab es ein Mädchen- und ein Knabengymnasium, die Strecke zwischen Kirchbach und Villach aber war viel zu lang für tägliches Pendeln. Die scharfen Kontrollen der Engländer an der Sperrzonengrenze bei Arnoldstein machten die Fahrt kompliziert. Daher hatten Schüler vom Land unter der Woche einen Kostplatz in Villach. Lotte und Fritz wollten das keinesfalls mehr.

Ich suchte in Villach ein Quartier. Fand ein günstiges hinter dem zerstörten Bahnhof, in einem Bezirk voller zerbombter Häuser und Schutt. Geld kam von unseren Eltern. Gern wären wir in Kirchbach geblieben, in der Nähe von Großmutters Garten und Speisekammer.

In Villach lebten wir nun zu dritt in einem einzigen Raum. Unser Luxus war das Waschbecken im Zimmer, andere Parteien mussten Wasser am Gang holen. Dorthin gingen wir nur auf die Toilette. Unser Zuhause in Villach war ein großes Zimmer mit Stockbett, Sofa, Kasten, Kommode, mit einem Tisch und drei Stühlen. Von Onkel Otto hatten wir einen Spirituskocher bekommen und Aluminiumtöpfe. Erst Jahre später erfuhr ich, womit ich gekocht hatte – es war Beutegut, das Onkel Otto in Italien Gebirgsjägern abgenommen hatte.

Ich habe mich bemüht, Abwechslung in die Eintöpfe zu bekommen, habe die Erdäpfel und die Karotten einmal in Würfel geschnitten, dann wieder zu Stäbchen, Kreisen oder Ellipsen. Vor allem für Fritz habe ich das gemacht, der immer schon Interesse hatte an geometrischen Formen. In der Schule glänzte er in Geometrie.

Im Frühling kam mehr Grün in die Eintöpfe. Ich bereitete jeden Tag eine Suppe zu. Im nahen Eichholzgraben sammelte ich Bärlauch, Brennnesseln, Spitzwegerich und Knoblauchrauke. Wenn ich genügend Erdäpfel hatte und Öl, aßen wir auch Salat mit Löwenzahnblättern. Seit diesem Frühjahr mag Fritz keine Suppe mehr, in der „Grünzeug herumschwimmt". Lotte aber wünscht sich heute noch *Frühlingssuppe*, wenn sie bei mir zu Besuch ist, auch ihre Kinder verlangen danach.

Fritz verließ uns Ende Mai. Er hatte darauf gedrängt, am 1. Juni eine Lehre zu beginnen. In Salzburg. Ich glaube, er wollte der *Frauenwirtschaft* entkommen. So gab es aber auch kein Jahreszeugnis mit mehreren Nichtgenügend. Außer Mathematik, Geometrie und Physik interessierte Fritz nichts, was in der Schule gelehrt wurde.

Seine Professoren hatten mich schon vor Ostern in die Sprechstunde bestellt. Einmal ist sogar Papa aus Graz gekommen zu einem Gespräch mit dem Klassenvorstand. Papa, der uns immer erzählt hatte, er habe in Brünn das renommierte *Erste Deutsche k. k. Staatsgymnasium* verlassen, weil ihn die Lehrer dort gelangweilt hätten. „Euer Vater hat die Wahrheit verdreht“, hatte Großmama aber den Zwillingen in Brünn erklärt, „in Wirklichkeit war es ein Hinauswurf aus dem Gymnasium.“ Wegen Papas Vergangenheit dort wollte Großmama nicht, dass Fritz dasselbe Gymnasium besuchte. Damit ihn die Familienschande nicht einholen konnte.

„Fritz, du liegst mir noch länger auf der Tasche, wenn du die Klasse wiederholen musst“, sagte Papa nach der Unterredung mit dem Klassenvorstand. Lotte, Papa und ich saßen auf unseren drei Sesseln, Fritz auf dem Schlafsofa. Im Topf auf dem Spirituskocher köchelte ein Ritschert, eine von Papas Lieblingsspeisen, Großmutter hatte uns dafür am Wochenende eine Extraportion Geselchtes mitgegeben.

„Ich will die Klasse nicht wiederholen“, sagte Fritz.

„Wie willst du dann zur Matura kommen?“, fragte Papa.

„Ich will nicht Matura machen“, antwortete Fritz.

„Wie willst du ohne Matura studieren?“, fragte Papa.

„Ich will nicht studieren“, sagte Fritz mit abgewandtem Blick, er schaute zum Fenster hinaus.

Papa stand auf, ging im Zimmer auf und ab, mit verschränkten Armen, das Gesicht gerötet.

„Willst du als Schulabbrecher durchs Leben gehen? Als Versager?“

„Wie du“, sagte Fritz leise.

Lotte schaute mich an. Im Raum Erstarrung, Stille, nur das Geräusch im Kochtopf.

Papa verließ unsere Wohnung, er schlug die Tür laut hinter sich zu. Die Suppenteller auf dem Tisch vibrierten. Lotte lief Papa nach. Ich sah durchs Fenster, wie sie ihn im Hof einholte. Wie sie ihn zu besänftigen suchte. Wie er sich umdrehte und davonging.

Im Mai schickte Papa kein Geld mehr für Fritz.

Unsere Eltern hatten nie dieselbe Meinung. Einig waren sie sich nur darin, dass wir die Matura machen und studieren sollten.

Auch ich hatte die Schule nicht abgeschlossen. Als ich 1938 das Schwesterhaus verließ, fehlte mir noch ein Jahr bis zur Matura an der Lehrerbildungsanstalt meines Ordens.

Nach seinem Hinauswurf hatte Papa in Brünn noch drei Jahre lang die Handelsakademie besucht, bevor er seine Heimatstadt verließ und nach

Wien ging, ohne Schulabschluss, weg vom Betrieb seiner Eltern mit all seinen *Industriesklaven*, wie er die Arbeiter nannte in Großpapas Kleiderfabrik. In Wien hat er seiner Erzählung nach Gesangsunterricht genommen, bei einem Opernsänger, und zuerst bei Großmamas Schwester gewohnt, bald aber bei einer Gräfin, die angeblich seiner Stimme verfallen war. Mama sagte, in Wirklichkeit hätte Papa wohl ein Untermietzimmer gehabt bei *Ziegelböhmen* in Wien-Favoriten.

Als Papa uns damals in Villach besuchte, war er arbeitslos. Wir hatten keine Ahnung davon. Zur Versicherung, die ihn für seine Tätigkeit in Pettau karenziert hatte, konnte er nicht zurückkehren als ehemaliges Mitglied der NSDAP. Er hatte ab Herbst 1944 in Pettau gearbeitet, für die Partei, doch diese Stelle gab es freilich nicht mehr. Es herrschte um Papa viel Aufregung nach Ende des Krieges. Von den Russen wurde er eingesperrt, von den Engländern wieder freigelassen. Wählen durfte er nicht. Eine Zeit lang war es unsicher, ob Papa nicht nach Wolfsberg müsse zur Entnazifizierung, wie Tante Renates Mann, der aus der Kriegsgefangenschaft zurückgekehrt war. Doch einige Personen haben dann zu Papas Gunsten ausgesagt. Von all dem hat er uns nie ein Wort erzählt, wir haben Bruchstücke über Gisela erfahren, aus Nebensätzen, mehr gehaucht als gesprochen.

Fritz wünschte keine Begleitung zum Bahnhof. Er hatte nicht mehr als einen großen Rucksack als Reisegepäck.

„Pfiat euch", sagte er nur. Kein Kuss, keine Umarmung.

Ich bezog den Schlafplatz von Fritz. Lotte wollte nicht, dass sein Bett leer steht.

* * *

Max kommt mit Glas und Postkarte aus dem Haus, sicher bringt er gerade wieder ein Insekt schonend heraus in den Garten. Er hat Routine in der Technik, ein Glas über die Tierchen zu stülpen und danach die Postkarte darunterzuschieben.

„Ein ungewöhnlicher Fang", sagt Max. Er hält das Glas vor mich hin. Ich blicke hinein. Sehe nur drei schwarze Kügelchen.

„Mäusekot?"

„Nein, warte", sagt Max.

Nach einiger Zeit verformen sich die Kügelchen zu Bögen, daran bewegen sich winzige Beinchen. Max neigt das Glas vorsichtig ein wenig zur Seite. Die Beinchen finden Boden unter sich. Was davor gebogen war, ist nun gerade. Schwarze Panzer. Drei Paar Fühler tasten sich vorwärts. Die kleinen Körper versuchen zu klettern, rutschen aber sofort ab. Asseln. Ich habe Asseln schon oft an der Steinmauer krabbeln sehen, spätabends, nach dem Regen. Auch von der Fläche unter dem Sonnenschirm laufen sie davon, sobald ich den Ständer kippe, um ihn an einen anderen Platz zu rollen. Ein Gefühl von Ekel, wenn ich auf sie treffe. Nun haben wir sie im Haus. Ich schüttle mich und frage Max, wo er sie gefunden habe.

„An der Kellerwand. Seit den starken Regengüssen ist es wieder sehr feucht geworden da unten. Die Asseln lieben das."

Es schüttelt mich gleich wieder, wenn ich die vielen Beinchen und die gepanzerten Rücken beobachte. Max bringt die Asseln zum Sockel des Zaunes. Er sagt, dass sie Nützlinge seien und dass er keinesfalls Kieselgur streuen möchte, um sie zu töten. Das habe er bei den Nachbarn gesehen. Nein, nein, er würde schon etwas finden, das den Tierchen den Aufenthalt im Haus unattraktiv mache.

Ich vertiefe mich wieder in mein Buch, in Gedichte von Biagio Marin, verfasst in Gradeser Dialekt. *I canti de l'isola,* Gesänge der Insel. Vieles darin bleibt mir unverständlich. Manchmal ist nur eine Ahnung da, was es bedeutet, ähnlich der Ahnung von Traumbildern, deren Konturen nach dem Erwachen verschwimmen, aber allein der Klang dieser Poesie beglückt mich, ich höre die Stimme des Dichters. Vor fünf Jahren erst ist er gestorben, hochbetagt, seit Langem fast blind und taub. Seine sprechenden Augen, die buschigen Brauen, der weiße Flaum auf seinem Kopf, ich sehe ihn noch vor mir.

„Möchtest du es dir nicht gemütlich machen, ein bisschen ausruhen?“, frage ich Max, als ich bemerke, dass er etwas zu unserem Kompostplatz bringt. Ich bekomme ein schlechtes Gewissen beim Lesen, wenn er ständig was tut.

„Gleich“, sagt Max, „ich komme gleich und setze mich zu dir.“

Den Verszeilen gebe ich jetzt nur mehr meine halbe Aufmerksamkeit. Ohne Max anzusehen, beobachte ich ihn. Er schüttet das Wasser aus der Vase über ein Blumenbeet. Stellt sie auf den Kies. Pflückt Zweige mit Blüten der Bougainvillea. Hebt die Vase wieder auf und geht damit ins Haus. Ich weiß, dass Max jetzt die Vase auswäscht, mit heißem Wasser, danach kaltes hineinrinnen lässt und die Zweige einfrischt, noch einige Handgriffe, damit der Strauß locker sitzt. Dann stellt er die Vase wieder auf das runde Eckregal im Salon, in meinen Gedenkwinkel für Mauro. An der Wand über dem Regal drei gerahmte Fotos: Mauro und Michael, Mauro und ich, Mauro, Michael und ich auf der alten Hollywoodschaukel im Garten. Mauro in der Mitte, Michael rechts von ihm und ich links, beide umarmt von Mauro. Unsere Köpfe an seine Schultern geneigt, drei glückliche Gesichter.

Einmal habe ich Max gefragt, ob ich die Fotos abnehmen soll, in ein Album kleben.

„Es ist gut, dass sie hier hängen“, hat Max geantwortet.

Die Hollywoodschaukel haben wir erst vor einigen Jahren abgebaut, als das längst rostige Gestänge an einer Stelle eingeknickt war.

* * *

Ganz vorne: Signora De Luca, das Gesicht von einem schwarzen Schleier bedeckt. Ganz hinten: Michael und ich.

Mauros Schwester Elvira hat uns informiert. Eine schnelle Beerdigung werde es nicht geben, hat Elvira am Telefon gesagt, die Witwe plane ein pompöses Begräbnis.

Das Sargtuch in neapolitanischer Klöppelspitze, blau, weiß und golden. Ich starre auf die Ornamente, aber ich fühle mich wie verpackt und von durchsichtiger Holzwolle umgeben. Als wäre nicht wirklich, was ich da sehe. Ich spüre meine Schwerkraft nicht, nur Michaels Arm um meinen Rücken ist ein Anker zur Welt.

Eine schwarze Kutsche, von vier Rappen gezogen, hat den Sarg zum Eingang des *Cimitero di Poggioreale* gebracht. Polizisten auf Motorrädern. Blaulicht. Pferdegetrappel, bald vom Klang der Bläser verschluckt. Sargträger in historischen Gewändern. Langsames Schreiten zum Klang von Trauermärschen. Ein langer Zug bis zur Gruft der Familie.

Ob Michael hier auffallen wird. Seine Ähnlichkeit mit dem Verstorbenen. Ob die Witwe mich wiedererkennen wird, wenn ich vortrete, um Weihwasser auf den Sarg zu sprengen. Ob sie mich hasst? Ob sie eine Szene machen wird?

Viele treten jetzt vor, um der Witwe zu kondolieren. Wir kondolieren ihr nicht.

Mein Gesicht unter einem schwarzen Schleier, Hände strecken sich mir entgegen, *le mie condoglianze, le mie condoglianze.* „Mama", höre ich Michael sagen, sofort bin ich wieder da, der Schleier ist weg, niemand drückt mir sein Beileid aus. Die Hitze setzt mir zu, die Haut auf meinen Schultern brennt unter dem dunklen Stoff. Ich trage das einzige schwarze Gewand, das ich besitze, mein Kleid für Auftritte mit dem Chor. Ich bin eine Witwe ohne Trauschein.

Musiker mit Streichinstrumenten treten rechts und links an die Gruft, gekleidet wie Figuren aus der *Commedia dell'arte,* mit Pluderhosen und weißen Halskrausen über den Mänteln, doch sie tragen Schnabelmasken wie Doktor Pest. Heben an zu spielen. *Ave Maria, gratia plena*, eine Tenorstimme erklingt, erst jetzt nehme ich den Sänger wahr. SchluchzenSchneuzenTaschentücher. Ich möchte schreien wie ein Klageweib. Ob Mauro nach dem Unfall zu Hause aufgebahrt wurde, geht mir durch den Kopf. Ob nach seinem Tod die Spiegel verhängt wurden in der Villa auf dem Posillip. Es treibt mich durch ihre Räume, alles sieht aus wie damals, fast ein Vierteljahrhundert ist seither vergangen. *Nunc et in hora mortis nostrae. Amen.* Die Streicher treten ab.

Bewegung unter den Trauergästen. Das Sargbesprengen. Ich kann nicht. „Ich mache es auch für dich", sagt Michael, er löst seinen Arm von meinem Rücken und stellt sich an. Jetzt erklingt eine Harfe, bald darauf setzt eine Querflöte ein. *Der Reigen seliger Geister* aus Glucks *Orfeo e Euridice*. Die Bestatter schließen die Gruft.

Nach Elviras Anruf bin ich stundenlang nur dagesessen, habe auf das Foto von Mauro, Michael und mir auf der Hollywoodschaukel in unserem Garten gestarrt. Lange nach Mitternacht habe ich die LP mit dem Brahms-Requiem aus der Hülle genommen und aufgelegt. Erst dann kamen die Tränen.

Der Unfall ist auf der Straße passiert, auf Mauros Fahrt von Grado zurück nach Neapel. Nach dem verlängerten Wochenende zu Fronleichnam. Zwei Jahrzehnte lang haben wir diese Tage zusammen in Grado verbracht. Zuerst in den Ville Bianchi, dann hier im Haus, in der Via Aquileia.

Mauro nannte mich Laura. Das war mein Ordensname gewesen. Der gefiel ihm viel besser als der Name Helga, den er nicht aussprechen konnte. *Helga* klang aus seinem Mund wie der Name des englischen Komponisten Elgar. Ihm die Aussprache des deutschen H zu erklären, gelang mir nie, alle Versuche endeten in Lachen. Aber ich hatte wenig Interesse daran, Mauro auszubessern, ich mochte die Eigentümlichkeiten, wenn er sich bemühte, Deutsch zu sprechen.

L-a-u-r-a e M-a-u-r-o, sagte er, das klinge so schön, es sei die Formel für sein spätes Lebensglück.

Nach seinem Tod blieb Mauro bei mir. In Grado habe ich jahrelang noch für ihn gedeckt. In Gedanken besprach ich alles mit ihm, erzählte ihm Neuigkeiten. Von Michael, von der Schule, von Chorproben und Konzerten. Auf der Bühne stand ich im schwarzen Kleid und stellte mir vor, ich singe allein nur für ihn.

Sechs Monate nach Mauros Unfall gab es in Italien ein lang erwartetes Gesetz: Das Recht auf Ehescheidung wurde eingeführt. Vier Jahre später sah ich im Fernsehen wieder Demonstrationen italienischer Frauen. Ein Referendum sollte über die Aufhebung des neuen Gesetzes entscheiden. Fast sechzig Prozent stimmten dagegen, dass eine *Scheidung auf Italienisch* abermals nur durch natürlichen Tod oder Mord möglich war.

Sieben Jahre nach Mauros Unfall dann dieser Traum: Ein lauer Abend am Strand. Ebbe. Die zusammengeklappten Liegen lehnen bereits an den Schirmen. Der *bagnino* geht durch die Reihen, da und dort spannt er noch einen Sonnenschirm ab. Einige Möwen haben sich auf den Sandbänken niedergelassen, sie picken im angeschwemmten Seegras nach Nahrung. Ich bin barfuß unterwegs auf dem feuchten Sand. Das Meer hat sich zurückgezogen. Im seichten Wasser zitternde Lichtnetze, Spiegelungen der Wellen. Der gerillte Sandboden am Grund. Neben mir geht ein Mann. Ich sehe ihn nicht an, weiß nicht, wer er ist, doch er wirkt vertraut. Auf der letzten Sandbank weit draußen steht jemand und schaut herüber zu uns. Ich bleibe stehen. Obwohl er weit weg ist, sehe ich jetzt sein Gesicht, ich sehe es wie in Nahaufnahme. Er lächelt. Mein Begleiter legt mir den Arm um die Schulter. So stehen wir da. Ein lauer Wind lässt mein Kleid flattern und meine Haare. Der Mann weit draußen hebt seine Hand. Er winkt uns zu. Es ist Mauro. Und er lächelt. Ich winke zurück.

„Schau", sage ich zu meinem Begleiter, „da draußen, der Mann."

„Wo?"

„Da", sage ich und strecke meinen Arm aus in die Richtung, wo eben noch Mauro stand. Aber da ist niemand mehr. Nur Sandbänke. Wasser. Möwengeschrei. Mit salzigem Wasser auf meinen Wangen bin ich erwacht.

Einige Tage danach war wieder Fronleichnam. Mit Michael war ich schon am Mittwochabend nach Grado gereist. Am Donnerstag kam Alfred zu Besuch. Seit Mauros Tod verbrachte zuerst Lotte, später dann abwechselnd Lotte und Alfred dieses lange Wochenende in Grado. Die beiden wollten uns nicht allein lassen mit unserem Gedenken. Diesmal brachte Alfred einen Freund mit. Den hatte ich schon vor einigen Jahren kennengelernt, flüchtig, in einem Plattenladen in Klagenfurt. Ich habe ihn im Laden angesprochen, nachdem er der Verkäuferin seinen Namen genannt hatte für die Bestellung einer LP. Ich hatte aufgehorcht, diesen Namen kannte ich aus Alfreds Erzählungen. Ein freundlicher Kollege, der nie laut wurde. Er hatte Alfred am Arbeitsamt eingeschult. Vor dem Plattenladen ein nettes Gespräch über Leonard Cohen. Danach begegneten wir einander immer wieder auf dem Fahrrad, entlang dem Lendkanal stadtauswärts zum Wörthersee. Oder mitten im Zentrum. Ein kurzer Gruß, ein Lächeln. Seine Baritonstimme hat sich mir eingeprägt, der warme Klang.

Alfred fuhr diesmal bereits am Freitagabend wieder nach Hause. Max blieb. Es war, als hätten wir das alles längst ausgemacht.

Den Traum von Mauros Abschied draußen im Meer hat Lotte für mich auf Papier gebannt. Die Zeichnung hängt im Vorhaus, hinter Glas, in einem schlichten Messingrahmen. Neben Papas kleinem Ölbild mit dem Apfelbaum. Was Erich Kästner über Paul Floras Werk gesagt hat, passt genauso auf Lottes Zeichenkunst, auch sie schreibt die *Linien so zart und zärtlich auf Papier*, als habe sie *Angst, ihm wehzutun*. Ihre *Feder haucht und flüstert. Sie streichelt, wenn sie strichelt.* Ich mag das viele Weiß auf Lottes Zeichnungen und die haarfeinen Linien. Keine zu viel.

Lotte wollte niemals hervortreten mit ihrem Können. Sie liebt es bis heute, ihre Talente im Verborgenen zu leben. Lotte, die schon als Kind eine weiße Stirnbinde trug mit einem roten Kreuz drauf, wenn sie sich über ihre Puppen beugte, um ihnen ein Karton-Thermometer unter den Arm zu stecken.

Trotz all ihrer Fürsorge für Familie und Patienten hat Lotte auch das Klavierspielen nie aufgegeben. Sie liebt Mozart. Kann all seine Klaviersonaten und Fantasien auswendig spielen. Hat selbst einige Sonaten komponiert im Stil der Wiener Klassik, hat sie still dem verehrten Komponisten gewidmet. Am besten gefällt mir die in G-Dur, mit den Vortragsbezeichnungen *Allegro – Andante con anima – Presto*. Der zweite Satz, ein vollendetes Abbild von Lottes Wesensart: *con anima*.

* * *

Mit Schulschluss 1946 kündigte ich unsere kleine Wohnung in Villach-Lind und zog mit Lotte zu Großmutter ins Gasthaus Burger nach Kirchbach, wo Mama und ihre Geschwister aufgewachsen sind. Alfred kam aus St. Paul zurück, mit einem Zeugnis voller Sehr gut. Bald meldeten sich immer mehr Sommerfrischler aus Wien, die Erholung suchten in Kirchbach, wo alles noch gleich aussah wie vor dem Krieg. So mieteten wir eine kleine Wohnung im Kirchbacher Schloss, aus dem die Briten gerade erst abgezogen waren. Zimmer, Küche, Kabinett. Alfred bekam das kleine Zimmer für sich allein. Im Durchgang von der Stiege hin zu unserer Tür hing ein riesiges Kruzifix. Lebensgroß. Mein Bräutigam aus früheren Jahren.

„Ob auch Fritz jetzt eine leere Stelle neben sich fühlt, so wie ich?“, fragte Lotte immer wieder. Ich wünschte, sie würde mich an diese Stelle setzen. Sooft ich am Friedhof vorbeikam, ging ich zum Platz an der Mauer, wo mein unbekannter Zwillingsbruder begraben worden war. Mittlerweile deutete nichts mehr darauf hin. Auf dem Boden an der Mauerecke wuchs Gras. Ich stellte mir vor, wie er nun aussehen und was er machen würde, wäre er nicht tot zur Welt gekommen. Wäre er mir nahe oder hätte er sich von mir entfernt, wie Fritz sich von Lotte entfernt hat?

„Ich möchte mit dir eine Wanderung machen“, sagte Lotte einmal mitten im Sommer, „hinauf auf den Kirchbacher Wipfel. Nur wir beide.“

Ich wusste, Lotte würde mir etwas Wichtiges sagen. In unserer Familie war es üblich, zu einem Spaziergang einzuladen, wenn etwas Bedeutendes mitgeteilt wurde, Heiratsanträge, Schwangerschaften, schwere Krankheiten oder Betriebsübergaben.

Im Sonnengeflecht ein Schmerz. Er täuschte mich nicht. Lotte wollte nicht weiter ins Gymnasium gehen, sie wollte nach Graz übersiedeln, um dort Krankenschwester zu werden. Sie hatte Mama bereits überzeugt, hatte mich nicht als Erste eingeweiht in ihren Plan. Mama hatte nachgegeben. Also keine Matura. Kein Studium.

Ich fühlte mich eingetauscht gegen Giselas Kinder. Vor allem gegen Herkules, mit dem Lotte seit seiner Erkrankung eng verbunden war. Lotte wollte wieder in die Nähe der Kinder. Und in die Nähe der Brünner Großeltern. Als Schwesternschülerin müsse sie im Heim wohnen, sagte sie, aber die Wochenenden könnte sie am Rosenberg verbringen, im Haus von Giselas Eltern. Ich glaube, Lotte wollte auch dem Warten auf Mamas Rückkehr ein Ende bereiten. In jedem Brief hatte Mama neue Gründe mitgeteilt, warum sie ihren Aufenthalt in Davos nochmals verlängert habe, warum sie keinen Urlaub bekäme, warum wir Geduld haben müssten.

Wochen des Abschiednehmens. Ich fürchtete mich vor dem Herbst, davor, von Lotte nicht mehr gebraucht zu werden. Seit ich denken konnte, war ich immer gebraucht worden. Immer gab es jemanden, für den ich da sein sollte. Mit sechs Jahren habe ich mich um den neugeborenen Alfred gekümmert. Im benachbarten Jahn-Garten machte ich Runden mit dem Kinderwagen, während Mama strickend auf einer Parkbank saß. Ich lernte Alfred füttern und wickeln. Als die Zwillinge klein waren, holte ich sie nach der Schule im Gasthaus ab. Ging mit ihnen nach Hause, den Rest des Tages gehörten sie mir. Sobald ich sie ins Bett gebracht hatte, begann ich mit dem Aufräumen. Mamas Spruch: „Wenn ich nach Hause komme, ist hier Märchenland.“ Fürs Märchenland war ich allein verantwortlich, Alfred war noch zu klein. Erst nach dem Zusammenräumen setzte ich mich zu meinen Hausaufgaben. Sonntags war ich von früh bis spät für meine Geschwister verantwortlich. Nur am Montagnachmittag hatte ich frei, denn montags war das Gasthaus geschlossen. Da blieb ich nach der Schule bei den Schwestern. Mir gefiel die Gemeinschaft dort und die Ruhe hinter den Mauern. Montag war mein Sonntag, die ganze Woche freute ich mich auf diesen Tag. Auf das Schweigen, Beten und Singen.

Nach dem Gespräch mit Lotte, als ich wusste, dass unsere gemeinsame Zeit zu Ende ging, kam ich nicht ohne Innehalten mehr am Kruzifix im Durchgang vorbei. Als stünde eine Frage im Raum zwischen dem hölzernen Jesus und mir.

Würde ich zurückkehren ins Kloster, wäre ich zumindest in Lottes Nähe.

Eine Kusine aus Hermagor, die aus Pontebba stammte und 1940 nach Kärnten übersiedelt war, erzählte mir von ihrer Zeit als Kindermädchen in Rom. In Folge der Option hatte Ida Rom wieder verlassen, als *Deutsche* aus dem Kanaltal wollte sie *heim ins Reich*. Ida war inzwischen verheiratet, aber sie schwärmte noch immer von den Jahren in ihrer *famiglia italiana*. Kaum etwas zu tun hätte sie gehabt. Nur mit dem Sohn der Familie spielen, damit er Deutsch lernen konnte, wie Kinder beim Spielen eine Sprache erlernen. Abends manchmal auch Konversation mit dem Hausherrn, einem Geschäftsmann, der bemüht war, sein Deutsch zu verbessern. Ida wusste, dass die Familie jemanden suchte, jetzt, da es mit dem Geschäft wieder aufwärts ging nach dem Krieg.

„Ich empfehle dich, wenn du das möchtest", sagte Ida.

Italien. Ich erinnerte mich an Papas Stimme, wenn er aus *Hatschi Bratschis Luftballon* rezitierte, *Italien ist ein schönes Land, voll Trauben und Melonen, Orangen pflückt man mit der Hand, auch Feigen und Zitronen … Es tönt vom blauen*

Meeresstrand ein Klang von Mandolinen, Italien ist ein schönes Land, von Sonne warm beschienen. Während der Schulzeit hatte ich Goethes *Italienische Reise* gelesen und ich hatte mir Bilder ausgemalt zu einer Novelle von Eichendorff. Ein junger Bursche, der mit seiner Geige nach Italien zieht, ins Land, *wo die Pomeranzen wachsen.* Laue Nächte, Parmesankäse, ein prächtiges Himmelbett und eine weiß gekleidete *allerschönste Frau*, Gemälde, Weingärten, Gesang und Gitarrenklänge, Rom mit prächtigen Kuppeln und Palästen … Zu Weihnachten 1939 hatte ich einen Wälzer von achthundert Seiten geschenkt bekommen, *Wanderjahre in Italien.* Seither war ich mit Ferdinand Gregorovius immer wieder unterwegs gewesen, auf Elba, Capri und Sizilien, in den Abruzzen, in Ravenna, Rom und Neapel.

„Ja, ich möchte es", antwortete ich Ida, „bitte schreib mir eine Empfehlung."

Ende August 1946 kam Mama nach Kirchbach. Wir hatten sie nicht erwartet. Mitte September trete sie eine neue Stelle an in Davos, sagte sie, bis dahin möchte sie die Zeit mit ihren Kindern verbringen.

Lotte lachte und weinte, sie war durcheinander, so viele Jahre lagen dazwischen, so viel Sehnen, so viel Vorfreude, die immer ins Leere gelaufen waren. Lotte bemühte sich, Mama zu verwöhnen.

„Ruh' dich einmal aus", sagte sie immer wieder, aber Mama besetzte den Platz beim Herd. Lotte lichtete in Großmutters Garten das Beet mit den Bartnelken aus. Mit kleinen Sträußchen in Rosa, Purpur und Weiß schmückte sie die Wohnung. Ich überließ Mama meinen Bettplatz an Lottes Seite und ging zum Schlafen in Großmutters Zimmer im Gasthaus.

„Stur ist sie immer schon gewesen", sagte Mama lachend zu Lotte, am Abend nach ihrer Ankunft, als ich die Wohnung im Schloss verließ.

Lotte, Mamas *Sonntagskind*, Mamas *Frühlingskind*. Lotte ist an einem Sonntag Ende März zur Welt gekommen, ich dagegen Ende November. *Herbstkatzen sind nix nutz.*

Kaum zwei Wochen alt, hätte ich schon meine Sturheit gezeigt, hat Mama immer wieder erzählt, geschrien hätte ich, dass sogar die Magd in der Dachkammer nicht schlafen konnte. Die Milch weggebrüllt hätte ich. Stur hätte ich mitten in der Nacht nach Nahrung verlangt.

Den Erziehungsfehler aber habe die Magd gemacht, die habe mich nachts heimlich gefüttert. Mama sei dahintergekommen und habe das Kammerl versperrt, den Raum am Ende des Gangs, in den sie mich mit dem Stubenwagen am Abend hineingeschoben haben, wo die Besen aufbewahrt wurden und die Eimer. „Nach acht Monaten war dann endlich Ruh' in der Nacht."

Papa hat sich trotzdem „ein Jahr lang nicht mehr auf meinen Bauch gelegt", hat Mama erzählt, obwohl ich das nicht wissen wollte, „weil er gesehen hat, wie ich einen toten Buben herausgepresst hab und dann noch ein regloses Mädchen. So ist er halt fremdgegangen, bald nach der Geburt."

Nach Lottes Abreise zog ich zu Renate, Mamas jüngerer Schwester, die hatte mittlerweile den Gasthof Verwandten übergeben und wohnte mit ihrer Familie in einem Haus, das Großmutter für sie gekauft hatte. Renate hatte ein helles Gemüt und nahm mich gern auf, damit sie frei war für Geselligkeiten, bei denen sie immer sofort im Mittelpunkt stand. Ich kümmerte mich zu Hause um ihre drei Buben.

Die *famiglia italiana* von Ida hatte schon jemanden gefunden, meine Bewerbung war zu spät gekommen. Aber ich lebte jetzt für das Ziel, nach Italien zu gehen, nützte jede freie Minute, um Italienisch zu lernen. Von Onkel Otto hatte ich ein Wörterbuch bekommen, von Ida eine Grammatik. Jeden Tag prägte ich mir hundert neue Vokabel ein, in Einzahl und Mehrzahl. Die Grammatik lernte ich auswendig.

Renates heiteres Wesen färbte auf mich ab. Sie war zwei Jahre jünger als ich, obwohl sie als Mamas Schwester meine Tante war. Als Nachzüglerin zur

Welt gekommen, war sie von allen geliebt und gehätschelt worden. Als Kind wurde sie mit der Pferdekutsche in die Schule geführt, die lag wenige Kilometer talwärts im nächsten Dorf. Als sie für die Hausaufgabe jeweils eine Reihe A, E und I schreiben sollte, setzte sie sich auf die Kirchmauer gegenüber dem Gasthaus. Forderte alle Vorübergehenden auf, mit dem Griffel ein paar Buchstaben auf ihre Schiefertafel zu schreiben. Im Dorf sagten die Leute, ihr würde der Schalk im Nacken sitzen. Selbst der Ortspfarrer und seine Lebensgefährtin, die als Köchin bei ihm wohnte, wurden Ziel ihres Humors. Wenn Renate und eine Kusine in den Vierzigerjahren Feuerwache hielten, wenn sie spätabends singend durch den Ort gingen und Jause hinausgereicht bekamen bei den Fenstern, da blieben die beiden auch vor dem Pfarrhaus stehen, sangen „Lei liabn, lei liabn, aber hamlat, hamlat."

Nur vom Verlust ihres linken Auges sprach Renate nicht gerne. Als Neunjährige hatte Großvater sie ins Magazin seiner Lebensmittelhandlung geschickt, um Zwiebeln zu holen. Beim Aufschneiden eines Zwiebelsacks ist sie ausgerutscht, hat sich ins Auge geschnitten, mit einem alten, rostigen Messer. Aus Hermagor wurde sofort ein Taxi gerufen, das brachte Vater und Kind nach Klagenfurt ins Krankenhaus. Eine Operation, um das Auge zu retten. In der Zeitung erschien ein großer Artikel über den Unfall. Opernsänger

Tomek aus Wien, der gerade auf Sommerfrische in Kirchbach war, versprach im Falle der Rettung des Auges ein Ave-Maria zu singen, in der Kirche gegenüber dem Gasthaus. Doch einige Tage später musste unser Großvater einen Revers unterschreiben für die Entfernung des Augapfels. Der Sehnerv war angegriffen, es bestand die Gefahr völliger Erblindung. Großvater fühlte sich schuldig. Das Gesicht seines Lieblings war entstellt durch das Glasauge, das *wie ein Kuhauge herausstand*.

Noch während Renates Zeit im Krankenhaus ist Großvater gestorben. Gehirnschlag. Unser Großvater war dem Okkulten zugeneigt gewesen. Er nahm an spiritistischen Sitzungen teil und ließ sich am St. Veiter Wiesenmarkt von einem ägyptischen Hellseher beraten. Dem jüngsten Kind stehe ein großes Unglück bevor, hätte der Hellseher gesagt. Und dass die Beziehung von Tochter Emma nicht halten würde. Auf den Rat dieses Ägypters hin hatte Großvater seine Lebensversicherung erhöht. Zwei Jahre später war er tot. Großmutter bekam eine riesige Summe.

Mein italienisches Vokabular wuchs an, aber eine Stelle fand sich nicht. Mir fehlten Mut und Geld, ein Inserat aufzugeben, daher wartete ich auf ein passendes Angebot. Alfred, der in St. Paul Zugang hatte zu überregionalen Zeitungen, las für mich täglich die Anzeigenseiten durch. Drei Mal schickte er mir eine Annonce, aber meine Bewerbungen gingen ins Leere. Anfang Dezember musste ich mich damit abfinden, dass mein Plan erst im nächsten Jahr aufgehen konnte. Die Weihnachtsfrage kam näher. Mama war wie immer unabkömmlich. Fritz und Alfred würden nach Kirchbach kommen, zu Großmutter. Aber Lotte? Gehörte sie nun zu Papas neuer Familie? Seit Dezember war sie nur einmal in Kirchbach gewesen, zu Allerheiligen. Ihr Lächeln, als sie wieder aufbrach, nach nur zwei Tagen. Wie leichtfüßig sie die hohen Stufen in den Waggon hinauf genommen hatte. Ihr fröhliches Gesicht am geöffneten Zugfenster, ihr Küssewerfen und Winken. Wie gern sie wieder zurückfuhr nach Graz. Es fühlte sich an wie Verrat.

Erst am 23. Dezember kam sie wieder. Um Mamas Auftrag zu erfüllen. Wir Geschwister sollten Weihnachten zusammen verbringen, hatte Mama uns allen geschrieben.

Als im März an den sonnseitigen Hängen der Schnee schmolz und erste Frühlingsblüten hervorkamen, wuchs auch meine Hoffnung. Ich hatte auf eine Annonce aus Neapel geantwortet. Nur drei Wochen später kam ein Brief von einem Signor Mauro De Luca, Inhaber eines Obst- und Gemüsegroßhandels. Ja, ich könne kommen. Die Stelle sei für mich reserviert.

Bis dahin hatte ich nicht daran gedacht, dass die englischen Besatzer meine Ausreise genehmigen mussten. Mehrmals war ich gezwungen, Signor De Luca um Geduld zu bitten. Bis ich endlich alle nötigen Papiere beisammen hatte. Renate schenkte mir zwei ihrer Sommerkleider und ihren Sonnenhut. „Den wirst du brauchen da unten!“ Ein drittes Kleid schneiderte mir Ida, aus *wenig Stoff und vielen Resten,* nach der Anleitung in einer Zeitschrift. Großmutter holte aus ihrem Schrank ein sizilianisches Schultertuch hervor, ein Geschenk ihres Schwiegersohnes Otto. Vor allem beim Kirchgang solle ich mich damit einhüllen, nicht zu viel nackte Haut herzeigen, sagte sie.

Einige Tage vor meiner Abreise fuhr ich nach Graz, um mich von Lotte und Papa zu verabschieden. Der nannte sich nun *Privatier.* Von Zahlen und Bilanzen wollte er nichts mehr wissen, sonst hätte ihn sein Schwiegervater in der Baufirma angestellt. Papa hatte zu malen begonnen. Auf dem Flügel in der Klosterwiesgasse standen Gläser mit Pigmenten und Leinöl. Spuren von Ölfarben waren überall in der Wohnung zu finden, an Türen und Wänden, an Lichtschaltern, an Türstöcken und Fenstern, am Fischgrätparkett, auch das Waschbecken war voll davon, wie Sofa und Stühle. Als ich bemerkte, dass auch der ehemals schwarz glänzende Flügel Ölfarbflecken hatte, erinnerte ich mich an Papas Ausruf „Du Drecksau!“. Damals war ich sieben

Jahre alt gewesen: Kurz nach Schulanfang hatte ich einmal vergessen, das Klavier abzustauben, Papas Heiligtum.

Unser Vermieter in der Klosterwiesgasse, Herr August, war akademischer Bildhauer. Mehrere Statuen standen im Garten seiner Villa im Hof hinter unserem Wohnhaus. Die Villa nannten wir Schlösschen. Am Monatsersten hinüberzugehen, um den Mietzins zu begleichen, war immer etwas Besonderes gewesen. Diesen schönen Garten zu betreten und das Schlösschen.

Nach Kriegsende hatte Papa die Idee gehabt, die Bildhauerei zu erlernen. Mit Herrn August als Lehrmeister, um bald wie Donatello, Michelangelo, Cellini, Canova, Bernini und Rodin Statuen herzustellen. Marmorstatuen sollten es werden, nur Marmor kam für ihn in Betracht.

Das Zeichnen von Skizzen und das Anfertigen von Modellen aus Ton, diese Schritte ließen sich nicht überspringen. Aber Papa wollte einfach nur auf einen Marmorblock loshämmern und die Figur darin *befreien.* Am besten ohne Staub und Lärm. Also keine Marmorstatuen. Auch Bronzegüsse wären ihm viel zu aufwändig, erklärte er mir.

„Nur Grabsteine mit Engelsfiguren aus Sandstein wären einfacher herzustellen, hat August gesagt. Aber ich bin doch kein Steinmetz!“ Holzstatuen kamen gar nicht infrage. „Ich will doch kein Holzschnitzer werden." So verlor Papa schnell wieder das Interesse an der Bildhauerei.

Dann hatte Herr August den alten Lehrling weitergereicht an einen Künstler, der sein Brot mit Auftragsarbeiten verdiente, vor allem mit Porträts und dem Kopieren von alten Gemälden. Zwischendurch restaurierte er Bildstöcke. Dieser Maler zeigte Papa, wie man Farben mischt und aufträgt, brachte ihm die Gesetze der Perspektive bei und die Beachtung von Licht und Schatten. Papa versuchte sich gerade an den ersten weiblichen Akten. Gisela bezahlte seine Modelle. Rückblickend waren das Vorstudien zu Papas Gemälden von Adam und Eva, Papas liebstem Motiv neben Szenen aus dem klassischen Altertum. Die malte er von Schwarz-Weiß-Reproduktionen in Kunstbänden ab und gab ihnen Farben nach seinem Geschmack.

Bevor ich ihn verließ, holte Papa aus der Kommode ein kleines Bild mit Holzrahmen hervor. „Für dich", sagte er auf Italienisch, „es soll dir Glück bringen … und einen Mann." Auf Deutsch hätte ich mich über die letzten drei Worte geärgert. Auf Italienisch klangen sie wunderbar.

Ein Apfelbaum. Rot schimmernde Früchte zwischen dem Blattgrün. In der rechten unteren Ecke winzig, aber noch gut erkennbar, Papas Signatur in Weiß, ein griechischer Tempel. Sechs Säulen unter dem Giebeldreieck, rechts und links davon Papas

Initialen. P. P. Mitten in all den großformatigen Akten dieses zarte Apfelbaumbild. „Mit meinem feinsten Pinsel gemalt“, sagte Papa. Er muss viele Stunden daran gearbeitet haben. Für mich.

Signor De Luca würde mich persönlich vom Bahnhof abholen, das hatten wir vereinbart, und dass ich ein Kleid mit rot-weißen Karos tragen würde. So könnte er mich von Weitem erkennen.

„Nimm dich in Acht vor den italienischen Männern“, hatten mich in Kirchbach alle gewarnt. Auch Ida, meine Kusine aus Hermagor, hielt sich nicht zurück mit Ratschlägen. „Keinesfalls in ein Taxi einsteigen!“ „Nicht der Einladung auf ein Glas Wein folgen!“ „Das Geldbörserl gut verstauen!“ „Die Handtasche immer fest unter den Arm klemmen!“ „Immer gleich sagen, dass du aus Österreich kommst und nicht aus Deutschland!“

Italien schien sehr gefährlich zu sein, vor allem der Süden.

Zum ersten Mal fuhr ich weiter als bis Tarvis gleich hinter der Grenze. Da war es nun, Italien. Zuerst nur Berge und ein ausgetrocknetes Flussbett. Armselige Häuser mit Blechdächern. Bald aber wurde die Gegend rundherum flach, Weinreben in langen Reihen wurden sichtbar und Bäume wie der am blauen Leineneinband der *Wanderjahre in Italien.* Die Baumkrone wie einen Schirm in den Himmel gespannt.

Im Zug bis Rom bewachte mich mein Pfarrer-Onkel, der nützte meine Reise als Anlass, endlich wieder einmal die Ewige Stadt zu besuchen. Am Bahnhof Roma Termini begleitete er mich noch zum Zug nach Neapel, ging von Abteil zu Abteil und fragte alle Reisenden nach ihren Ausstiegsstationen. Endlich fand er einen geeigneten Platz. Bei zwei Nonnen, die bis Neapel fuhren, da wäre ich sicher.

Ich hatte schon bemerkt, wie schlecht ich mich verständigen konnte und wie wenig ich verstand. Trotz Tausender Vokabel in meinem Kopf. Mitten auf der Strecke gab es dann eine Unterbrechung. Der Zug blieb stehen und fuhr nicht mehr weiter. Die Schwestern erklärten mir mit großer Geduld, was der Schaffner allen mitteilte auf seinem Gang von Abteil zu Abteil. Der Zug würde mit dreieinhalb Stunden Verspätung in Neapel ankommen. Ich konnte mir nicht vorstellen, dass ich mit dieser Verzögerung noch erwartet würde.

Endlich. *Napoli Centrale*. Ich hievte mein Gepäck aus dem Zug und blieb am Bahnsteig stehen, mitten im Geschrei der Wiedersehensfreude rundum, und überlegte, wie ich es mit Koffer und Reisetasche zum Haus meiner Dienstgeber schaffen könnte. Ein Kärtchen mit der Adresse hatte ich im Münzfach meiner Geldbörse untergebracht, ein zweites in den Koffer zu meiner Wäsche gelegt. Lire hatte ich keine. Von den Schwestern hatte ich mich bereits verabschiedet. Sie um Hilfe zu bitten, wäre mir peinlich gewesen.

„Signorina!" Eine Stimme nah an meinem Ohr. Ich drehte mich sofort in die andere Richtung. Noch einmal „Signorina", danach ein zweites Wort, das meinem Nachnamen ähnelte. Vorsichtig wandte ich mich der Stimme zu. Sah ins Gesicht eines Mannes, ein wenig kleiner als ich. Sah in seine braunen Augen. Er lächelte und streckte mir seine Hand entgegen. „Sono Mauro De Luca."

„Scusi", sagte ich, mehr fiel mir nicht ein.

Signor De Luca nahm mir Koffer und Tasche ab, er bestand darauf, beides zu tragen.

Ich ging mit ihm zu seinem Wagen. Ängstlich. Ob ich am Ende einem Betrüger folgte oder einem Mitglied der berüchtigten Camorra? Der Onkel hatte mir davon erzählt, er wusste Bescheid: Die neapolitanische Mafia habe sich nach dem Krieg schnell neu organisiert.

* * *

Ein feiner Sprühregen auf meiner Haut. Der hat mich aufgeweckt. Die Bewässerungsanlage. Wind ist aufgekommen und trägt die Tröpfchen in die Richtung unserer Liegen. Schnell stehe ich auf, leise, um Max nicht zu wecken. Drehe den Wasserhahn ab. Setze mich neben Max ins Gras und beobachte meinen Geliebten beim Schlafen. Bewege meinen Blick entlang der Konturen seines Gesichts. Vom Haaransatz über der Stirn Richtung Nase, über deren Rücken zur Spitze, zwischen den Nasenlöchern vorbei zur Rille über den Lippen. Oberlippe, Unterlippe, Grübchen, das Kinn entlang bis zum Hals, den Hals hinunter zur Brust. Wärme steigt in mir hoch. Wie gern betrachte ich das Gesicht von Max, seinen Hals, die Haare auf seiner Brust. Jetzt wacht er auf, blinzelt. Komm, sagt sein Blick. Ich erhebe mich aus dem Gras, setze mich zu Max auf die Liege. Er zieht meinen Oberkörper zu sich hinunter, meine Beine folgen nach. Ich lege meinen Kopf auf seinen Arm, wir tauschen unseren Atem. *Unruhig war mein Herz, bis es Ruhe fand in dir.* Nie würde ich diese aufgeladenen Worte laut sagen wollen. Zu viel Pathos. Aber ich bin sicher, dass sie Max dennoch erreichen, er streicht mir mit der Hand seitwärts über die Wange bis zu meinem Kinn. Ich verliere mich in seinen Augen.

Am Abend sitzen wir in der Basilica di Sant'Eufemia, gleich beginnt das Konzert. Am Programm

Chormusik von Giovanni Pierluigi da Palestrina. Der Chor hat schon Aufstellung genommen, die Sänger stehen ruhig da und warten, die schwarzen Mappen unter den linken Arm geklemmt. Ein verspäteter Besucher bewegt sich zur Bankreihe vor uns. Er stützt sich auf Krücken. Deutet, dass er zu seinem Platz in der Mitte der Bankreihe möchte. Der Dirigent tritt auf. Applaus. Die Besucher vor uns rutschen nach rechts, so wird der Randplatz frei. Der alte Mann schüttelt den Kopf, lässt sich aber dennoch nieder. Jetzt gibt der Dirigent dem Chor das Zeichen, die Mappen in die Hände zu nehmen. Links vor uns hantiert der Mann mit den Krücken. Der Dirigent deutet den Sängern, die Mappen zu öffnen. Als wäre es eine einzige Bewegung, klappen alle ihre Mappen auf. Plötzlich ein Aufprall, ein lautes Geräusch mit großem Hall. Eine der Krücken ist zu Boden gefallen. Kurzes Innehalten auf dem Podium, dann gibt der Dirigent den Einsatz. Meine Gedanken tragen mich fort, zwanzig Jahre zurück.

Ein Brief von Papa war gekommen. Ich las und atmete nur mehr ganz flach. „Viele haben im Krieg ein Bein verloren, mein rechtes hat mir der Zucker genommen." So erfuhr ich von der Amputation. Warum hatte mir Lotte nichts davon gesagt? Lotte, die immer zur Stelle war, wenn jemand in der Familie erkrankte. Lotte, die wusste, wie man Bandagen anlegt, Lotte, die Wunden mit Honig bestrich und mit Arnikasalbe. In Kirchbach hatte sie Großmutters offenes Bein geheilt. Jeder in der Familie schilderte meiner Schwester kleine und große Beschwerden. KopfschmerzDiabetesBlasenentzündungMigräneLinsentrübungGürtelrose. Als Krankenschwester und Arzthelferin war Lotte für alle die richtige Adresse. Hatte Papa sich das Bein abnehmen lassen, ohne die Operation davor mit Lotte zu besprechen?

Zu dieser Zeit war unser Interesse ganz auf Gisela gerichtet. Gisela, die ein halbes Jahr davor eine Hüftprothese bekommen hatte und noch immer dabei war, neu gehen zu lernen, ohne zu hinken. Eine schwierige Aufgabe, der holpernde Gang war wie ein Teil von ihr, der auch nach der Operation geblieben war, obwohl anatomisch kein Grund mehr dafür bestand. Einmal sprach Lotte aus, worüber auch ich mir schon Gedanken gemacht hatte: Ob Gisela Papa verlassen würde nach ihrer Operation. Sie arbeitete längst wieder in der Baufirma ihres Vaters. Mit Papa und den Kindern wohnte sie im Haus ihrer Eltern auf dem Rosenberg, am östlichen Stadtrand. Frau Hedwig und Giselas Mutter kümmerten sich um die Kinder, wenn Gisela im Büro war und Papa in seinem Atelier in der Klosterwiesgasse. Gisela verhandelte mit den Kunden, es gab viel zu tun. Der Wiederaufbau hatte zahlreiche Aufträge gebracht, die Firma war gewachsen.

Es ist Freitag und ich mache mich sofort auf den Weg. Mit dem Zug von Klagenfurt bis Bruck an der Mur, von dort nach Graz, vom Grazer Hauptbahnhof mit der Straßenbahn nach St. Leonhard zum Landeskrankenhaus.

Besuchszeit ausnahmslos von 15–17 Uhr, lese ich auf dem Schild an der Eingangstür zur chirurgischen Station. Ich bin zu spät. Durch die Glastür ein Blick hinein auf den Gang. Ich sehe Pflegerinnen mit einem Rollwagen, die sind gerade beim Abservieren, auf den Tabletts leere Teller und Teller mit Essensresten. Ich klopfe ans Glas. Eine Pflegerin kommt zur Tür. Ich stammle etwas von Klagenfurt und Zug und Beinamputation. Die Frau führt mich zur Stationsschwester. Nach einem kurzen Gespräch darf ich in Papas Zimmer. „Ausnahmsweise“, sagt die Schwester, „weil Sie von so weit her kommen.“

Ich trete ein, bleibe aber in einigem Abstand stehen mit meinem Sträußchen aus der Blumenhandlung am Bahnhof. Papa greift nach dem Bettgalgen, richtet sich auf. Dreht sich. Sein verbliebenes Bein kommt unter der Decke hervor. „Helga“, sagt er und breitet die Arme weit aus. Ich lege die Blumen auf dem Nachtkästchen ab, setze mich an den Bettrand, beuge mich vor und lasse mich umarmen. Der bekannte Geruch von Papas Bart.

Im Zimmer steht ein Rollstuhl. Eine Beinprothese lehnt in der Ecke. Gehört die Papa oder einem der anderen Männer im Zimmer? Papa möchte einen Spaziergang machen. Einen Spaziergang? Papa zeigt auf den Rollstuhl. „Mit diesem Gefährt da“, sagt er. Ich führe den Rollstuhl zum Bett. Als Papa sich vom Bett in den Rollstuhl hievt, schiebt sich das Nachthemd so weit zurück, dass nicht nur der Beinstumpf, sondern auch Papas Geschlechtsteile sichtbar werden.

„Mein mächtiges Werkzeug ist geschrumpft“, kommentiert er laut diese Nacktheit, „alles verdorrt.“ Papa ist zurück auf der Bühne. Gelächter im Raum. Für ihn ist es Applaus.

Als Kind waren mir Vaters Hoden und Glied tatsächlich viel größer erschienen. Bei Hitze entledigte er sich auch der Unterwäsche und bewegte sich nackt durch die Wohnung. Nur wenn es an der Tür klopfte oder läutete, zog er sich etwas über. *Zeugungswerkzeug* nannte er die herabhängenden Teile. Mamas hochgezogene Brauen bei diesem Wort. „Das hat er von den Anarchisten. Lockere Wörter, lockeres Benehmen.“

In den Dreißigerjahren war Papa mit dem *Bund herrschaftsloser Sozialisten* in Kontakt, einige Male nahm er mich mit zu Ausflügen auf die Hohe Rannach, nach Plankenwarth und Thalerhof, jenseits der Reichweite von staatspolizeilichen Ohren.

Ich schiebe meinen Vater durch den Gang. Papa fragt nach Michael, wie immer. Michael, dem er von klein auf von den alten Griechen erzählt hat.

Michaels Studienwahl sei die Folge davon, sagt Papa immer, mit großer Genugtuung. Geschichte! Papa freut sich auch, dass Michael seinen Namen trägt. Michael, ein echter Prochazka, sagt er immer.

Wir kommen an zwei Krankenschwestern vorbei, die am Gang stehen und sich unterhalten. Papa hebt an zu singen. „Ob blond, ob braun, ich liebe alle Frau'n." Die Schwestern lächeln ihm zu.

Ich sitze noch immer an Papas Bett, als bereits die Nachtschwester kommt und fragt, wer im Zimmer ein Schlafmittel brauche. Erst jetzt bemerke ich, wie spät es schon ist und dass ich den letzten Zug nach Klagenfurt nicht mehr erreiche. Wo soll ich übernachten? Ich muss mir ein Zimmer suchen. Und telefonieren. Michael wird längst zu Hause sein. Am Block auf dem Küchentisch habe ich nur vermerkt, dass ich dringend wegmüsse, erst spätabends wieder nach Hause käme.

Ich verabschiede mich von Papa, der meine Hand ungern auslässt. Ich muss mich überwinden, die seine loszulassen.

„Papa, ich besuche dich bald wieder."

Ohne Klopfen öffnet jemand die Tür. Lotte betritt das Krankenzimmer.

Am Gang draußen treffe ich auf Lottes Mann. Sie seien heute erst spät heimgekommen, sagt er, nach der Ordination noch essen gegangen und einkaufen. Den Brief habe Lotte erst um vier gelesen. Dann seien sie gleich losgefahren.

Thomas sieht müde aus, eine Woche mit vielen Hausbesuchen, sagt er, und dass er jetzt hinuntergehen möchte, eine Zigarette rauchen.

„Bleibst du über Nacht hier in Graz?", fragt mich Thomas, als er zurückkommt.

„Nein. Michael ist dieses Wochenende in Klagenfurt."

„Fährst du mit uns?"

„Ja."

Auf der Heimfahrt zwei Stunden später sitzen Lotte und ich auf dem Rücksitz. Lotte weint. Im Krankenzimmer habe sie die Tränen zurückgehalten, sagt sie. Lottes Schluchzen ist ansteckend. Mir beginnt es in der Nase zu brennen. Lotte lehnt sich an meine Schulter. Ich bin die große Schwester, denke ich mir und nehme Lottes Hand, dann weinen wir beide die ganze kurvenreiche Strecke über die Pack.

Jahre später, mein letzter Besuch bei Papa in Graz. Auf dem Nachtkästchen lag ein Buch über Karl V. Papa griff danach und öffnete es.

„Schau."

Auf der Innenseite des Buchdeckels war ein Foto eingeklebt. Papa und Otto Habsburg lächeln in die Kamera. Darunter eine Widmung des Kaisersohnes. Mit der Lupe lese er dieses Buch, sagte Papa, Wort für Wort. Dann erzählte er von einem Brief, den er von Otto Habsburg persönlich bekommen hätte. Mit „Geliebter Pavel“ habe der begonnen.

Ich habe mich bei Papa nie ausgekannt. Seine Sympathien für die Anarchisten. Seine Mitgliedschaft in der NSDAP, nur auf dem Papier, wie es hieß. 1970 hat er Wahlwerbung für Bruno Kreisky gemacht. Ein paar Fotos davon gibt es in einem Album. Papa auf einem Traktoranhänger mit dem Porträt des späteren Kanzlers, selbst gemalt und herumgeführt auf einer riesigen Staffelei. Rechts und links, in Schirmständern, zwei österreichische Fahnen. Blumengirlanden in Rot und Weiß. Auch ein Harmonium befindet sich auf dem Anhänger. Auf zwei der Fotos sitzt Papa an diesem Instrument. Rundherum eine Gruppe von Leuten, die zuhören. Mit seinem Frack sieht er nicht aus wie ein überzeugter Sozialist. War Papa gegen Ende seines Lebens zum Monarchisten geworden? *Monarchistin* hatte er immer unsere Kirchbacher Großmutter genannt, in Papas Mund klang es wie ein sehr böses Wort.

„Helga, was kommt danach?“, hat mich Papa gefragt, damals, zwei Tage vor seinem Tod.

Immer werden mir solche Fragen gestellt, als wäre ich eine Expertin für transzendente Dinge. Weil ich einmal im Kloster war, soll ich eine Antwort wissen. Obwohl ich meinen alten Glauben vor Jahrzehnten zurückgegeben habe, zusammen mit dem Ordensgewand. Obwohl ich mit viel mehr Fragen als Antworten lebe.

Papas Frage überraschte mich dennoch. Er hatte uns immer von Lethe, dem Fluss des Vergessens, erzählt, von Cherberos, dem dreiköpfigen Höllenhund, und vom Fährmann Charon, der die Toten hinüberschifft in den Hades. Papa sagte immer: „Alles, was die Kirche erzählt von Heil und Auferstehung, ist reine Erfindung der Pfaffen." Bei Alfreds letztem Besuch wollte er dann von ihm wissen, ob man bei der Auferstehung der Toten fehlende Körperteile ersetzt bekäme. Das amputierte Bein. Die dritten Zähne.

Nach den letzten Tönen bleiben die Arme des Dirigenten ausgebreitet. Ein Nachklingen der Musik in die Stille hinein, ein Atemanhalten, bevor der Dirigent die Arme absenkt. Zuerst nur zaghaftes Klatschen, das schnell anschwillt zu heftigem Beifall und Bravo-Rufen. Ich aber beobachte vor allem den alten Mann. Wie er seine Krücken wieder zur Hand nimmt, wie er sich hochzieht und davongeht, während wir eine Zugabe erklatschen.

Wenn Chor und Dirigent sich ein letztes Mal verbeugt haben, wenn alle Besucher aufstehen und die Kirche verlassen, dann werden Max und ich noch immer dasitzen, um den verhallten Klängen zu lauschen.

Lotte hat Papas Krawattensammlung geerbt. Weil weder Fritz noch Alfred noch Lottes Mann Krawatten tragen, weil sich auch Michael „keine Schlinge um den Hals binden" mag, ließ Lotte unseren Halbbruder Walter ein paar Exemplare aussuchen. Bevor sie die Nähte der restlichen Krawatten auftrennte und aus den Stoffstreifen mehrere Tischläufer anfertigte. Einen für Fritz, einen für Alfred, einen für Gisela, einen für mich. Einen behielt sie für sich. Was Fritz damit gemacht hat, weiß ich nicht.

Am Tag von Papas Begräbnis sagte Alfred, er hätte in St. Paul für mich gebetet, als es hinter der Koralm geleuchtet habe gegen Ende des Krieges, als Christbäume niedergingen auf Graz. An seinen Vater habe er dabei nicht gedacht. Jahrelang hatten die beiden gar keinen Kontakt gehabt. Erfuhren voneinander Neuigkeiten nur um die Ecke. Papa nannte Alfred *Muttersöhnchen*, von Mama verhätschelt. Für Alfreds Hang zur katholischen Kirche aber sah er die Gailtaler Großmutter als Schuldige an. Die habe ihn mit ihrer Frömmigkeit beeinflusst. Als Kind hatte sie ihm einen Spielzeugaltar aus Blech geschenkt, mit Kelch, Monstranz und Heiliger Schrift. Von Sommergästen in Nürnberg besorgt. Der älteste Enkel sollte Priester werden. Papa meinte, sie erwarte sich dafür einen guten Platz in der jenseitigen Welt. Wie Papa auch über die Frauen in Alfreds späterem Pfarrhof sagte, die wollten sich *ins Paradies hineinkochen und hineinbügeln* mit ihrer ehrenamtlichen Arbeit. An Frauen mangelte es tatsächlich nie in Alfreds Pfarrhof. Viele kamen und wetteiferten darum, etwas zu übernehmen. Wenn seine Haushälterin krank war oder auf Urlaub, fand sich sofort jemand zum Kochen, Putzen und Wäschemachen.

Obwohl Papa schon vor Jahrzehnten ausgetreten war, sorgte Alfred für ein kirchliches Begräbnis, Lotte und Gisela zuliebe. Bei seiner Trauerrede sprach er über einen Bilderzyklus aus Papas späten Jahren, mit dem Titel *Elysium.* Gärten mit phantastischen Pflanzen seien darauf zu sehen und tempelartige Gebäude. Diese Ölgemälde seien Zeugnis vom Sehnen des Verstorbenen nach Transzendenz. Gott werde barmherzig sein mit unserem Vater, sagte Alfred.

Papa ist nur wenige Monate nach Mauro verstorben. Durch Mauros Augen war mein Blick auf unseren Vater längst milder geworden. Die beiden mochten einander. Papa und Mauro verband ihre Liebe zur Oper. In Mauros Gesellschaft konnte Papa auch seine Kenntnisse der italienischen Sprache aufleben lassen. Er flocht ganze Verse aus Tenorarien in seine Gespräche mit Mauro ein. Nach ihrem allerersten Treffen, nach zwei Tagen des Kennenlernens in Grado, umarmten sich die beiden Männer. Papa klopfte Mauro auf den Rücken, *figlio mio* nannte er den fast gleichaltrigen Mauro, der bereits eine Glatze hatte, während auf Papas Kopf erst Geheimratsecken zu sehen waren.

Nach Papas Begräbnis saßen wir noch drei Stunden lang im Gasthof nahe der Oper, den in den Dreißigerjahren unsere Eltern gepachtet und wo wir einen Teil unserer Kindheit verbracht hatten. Die Anzahl der Hirschgeweihe an den Wänden war mittlerweile gewachsen.

Wir tauschten Anekdoten aus. Lotte erzählte, wie eine alte Dame Papa im Südbahnhotel gefragt hatte: „Und Sie spielen wirklich alles auswendig?“ Wie Papa bejahte und noch draufgab: „Und ich verwende dabei nur die schwarzen Tasten.“ Wie die alte Dame sich kaum mehr halten konnte vor Bewunderung. Wie Lotte am nächsten Tag vor dem Frühstück in den Speisesaal schlich, die schwarzen Tasten antippte und bemerkte, „Das klingt ja chinesisch.“ Papa hatte wieder einmal *aufgeschnitten*, wie Mama es nannte.

Seine Geschichte, wie er dem Kriegsdienst entkommen ist bei seiner Musterung im Jahr 1914, wie oft hat Papa diese *Story* erzählt, wir hatten sie alle im Ohr:

„Zum Glück war ich zu dieser Zeit erkältet. Ich habe gehustet wie ein TBC-Kranker. Bevor der Arzt mich abgehorcht hat, hab ich mich in einen Hustenanfall hineingetheatert. Dabei hab ich auf die Kapsel gebissen, die ich mir vorher schon in den Mund gesteckt hatte. Da war Schweineblut drin. Das hättet ihr sehen sollen! Dem jungen Arzt, oder vielleicht war er nur ein Famulant, dem fiel das Stethoskop aus der Hand. *Der Simulant und der Famulant*, wäre das nicht ein guter Titel für diese Episode? Ich hab dann jedenfalls einen Wehruntüchtigkeitsbescheid bekommen, und der war für mich auch fünfundzwanzig Jahre später noch von Vorteil."

Wie immer bei Papa wissen wir nicht, wie viel davon Dichtung ist und wie viel Wahrheit. Wie er es geschafft hatte, im Zweiten Weltkrieg wieder nicht eingezogen zu werden, auch davon hat Papa oft erzählt. In immer neuen Varianten. *Heldengeschichten anderer Art* nannte Michael diese Schilderungen seines Großvaters.

Mama war immer davon überzeugt, Papas simulierte Lungentuberkulose sei der Grund für Alfreds Asthma gewesen. Die Strafe für Papas Lüge hätte Alfred zu tragen.

Papas Faible für die griechischen Götter. Michael hatte er schon als Kind erzählt von Hera, wie sie die Liebe ihres Gatten nach einem Fremdgang zurückgewinnen wollte. Papa sagte, Hera sei zu Zeus auf den Olymp geflogen, bekleidet nur mit einem BH mit goldenen Glöckchen. Michael, der schon mit acht Jahren selbst die Sagen der alten Griechen gelesen hatte, verzichtete darauf, die Phantasie seines Großvaters zu korrigieren.

Zuletzt hatte Papa Lotte noch erzählt, er hätte beim Restaurieren bedeutender Deckenfresken mitgeholfen, im Schloss Eggenberg und im Grazer Dom. Zu einer Zeit, als sein Bein bereits amputiert war.

„Es waren höchstens Marterl in der Südsteiermark", meinte Fritz, „Vater wird wohl nicht mit der Prothese auf Wandgerüsten herumspaziert sein." Vater. Seit dem Zerwürfnis in Villach, gleich nach dem Krieg, nannte Fritz Papa nur mehr *Vater*. Als Gisela mit Herkules und Penelope schon gegangen war, überraschte uns Fritz mit seiner Frage: Ob Vater in seinen späten Jahren die Liebe dann noch woanders gespürt habe als nur in seinem *Zeugungswerkzeug*. Alfred antwortete, er hoffe es für Papa, denn er selbst würde die Liebe in seiner Seele spüren, sein Geist sei erfüllt davon wie alle Zellen des Tempels seines Geistes.

„Amen", sagte Fritz, der sich gerade eine Zigarette anzündete.

Alle schauten Monika an, die neben Alfred saß. Monika, die lächelte und den Blick senkte. Sie war die jüngste Tochter einer Familie am Herzogberg bei St. Paul. Als Schüler hatte Alfred dort viele Wochenenden verbracht. Am Tag nach Alfreds Matura machte die damals neun Monate alte Monika ihre ersten freien Schritte. Von der Türschwelle der Küche einige Meter hin zu Alfred, der mit offenen Armen dastand und sie auffing.

Worte aus dem *Hohelied*, als wären sie für Monikas Liebe gedichtet: *Sie erträgt alles, glaubt alles, hofft alles, hält allem stand.* Alfred wollte seinen Beruf nicht aufgeben, seine *Pfarrkinder* nicht im Stich lassen, wie er oft sagte. ZweifelnZaudern-Zerrissenheit. Monika blieb geduldig. Es dauerte viele Jahre, bis Alfred sich endgültig entschied. Die ersten Jahre danach war er am Arbeitsamt angestellt, später durfte er wieder Religion unterrichten. Auf Nachwuchs mussten die beiden lange warten. Alfred war fünfzig, als er zum ersten Mal Vater wurde. Zwei weitere Kinder kamen, im Abstand von jeweils nur eineinhalb Jahren.

„An ihm wäre ein exzellenter Familienvater verloren gegangen, der beste auf Erden!" Mamas Worte, wenn sie Alfred mit seinen Kindern beobachtete. Dass an ihm ein guter Priester verloren gegangen ist, das sagt niemand laut in unserer Familie.

Alfreds tolerantes Wesen. Schon in jungen Jahren brachte er Verständnis für fast alles auf. Nie ein Wort der Kritik, als ich den Orden verlassen hatte. Als ich mit einem *ledigen Kind* zurückgekommen bin aus Italien im Jahr seiner Weihe zum Diakon. Mit einem ledigen Kind von einem verheirateten Mann. Alfred übernahm für Michael die gesetzliche Vormundschaft.

* * *

In Neapel hatte ich im Haushalt wenig zu tun gehabt. Sollte nur da und dort mithelfen. Bei den De Lucas war eine Köchin angestellt. Dreimal in der Woche kam auch eine immer schwarz gekleidete Frau zum Putzen, Wäschewaschen und Bügeln. Ein Gärtner kümmerte sich um die bepflanzten Grünflächen rund um die Villa, um die Bäume und um die Stauden in Tontöpfen. Gleich nach meiner Ankunft erlaubte er mir, Samen der Stockmalven auszusäen. Die ersten, die ich in Kirchbach geerntet hatte am Tag vor der Abreise, in Großmutters Garten, an der Friedhofsmauer und droben beim Schloss. Im zweiten Jahr nach der Aussaat waren drei Meter hohe Blütenstängel gewachsen. Eine Pracht in Gelb, Rot und dunklem Violett. Ob die Samen etwas mitgenommen hatten von Irene, ob die Blüten eine Erinnerung in sich trugen, die Blätter, Wurzeln und Stängel, auch in der nächsten Pflanzengeneration?

Als es kühler wurde im Herbst, besuchte ich Pompeji und Herculaneum, Papa zuliebe.

Signor De Luca gab mir *La storia di San Michele* von Axel Munthe zu lesen. Mit Hilfe des Wörterbuchs plagte ich mich durch das Buch, jeden Tag zwei Stunden lang. Schrieb alle neuen Wörter in mein Vokabelheft. Beim Lesen des Kapitels über die große Cholera-Epidemie in Neapel erschien mir die kriegszerstörte Stadt auf einmal ein fast heiler Ort zu sein, trotz der vielen mageren Kinder, die ohne Schuhe unterwegs waren auf den Straßen.

Signora De Luca sang im Chor der Oper *Teatro San Carlo.* Bei der ersten Aufführung, die ich mit Signor De Luca zusammen besuchte, wartete ich vergeblich auf ihren Solo-Auftritt. Ihrem Äußeren und ihrem Verhalten nach hatte ich angenommen, sie wäre die berühmteste Sängerin an dieser Oper. Auch vieles andere verstand ich erst mit Verzögerung, selbst wenn es in Schriftsprache an mein Ohr gekommen war. Signora De Luca etwa verwendete oft die Wörter *fruttivendolo* und *verduraio*. Nach Wochen wurde mir klar, dass sie ihren Mann, den Padrone, *Obstverkäufer* und *Gemüsehändler* nannte.

Paolo, der vierzehnjährige Sohn des Hauses, sprach in meiner Anwesenheit mit der Köchin nur in neapolitanischem Dialekt, den seine Mutter mit hochgezogenen Augenbrauen stets *volgare* nannte. Mit mir sollte er deutsch sprechen, dafür war ich ja angestellt worden. Paolo sollte sein Deutsch wieder aufleben lassen – das war aber nur der Wunsch seines Vaters. Die ersten sieben Lebensjahre hatte Paolo mit Südtiroler Kindermädchen verbracht. Mit mir deutsch zu sprechen interessierte ihn wenig, immer hatte er eine Ausrede bereit, warum er schon nach zwanzig Minuten keine Zeit mehr hatte für unsere Konversation.

Elvira, die Schwester des Padrone, nannte Signora De Luca oft *Donna Giovanna*. Was sie damit meinte, auch davon hatte ich damals noch keine Ahnung. Meine Hausherrin wurde oft von viel jüngeren Männern besucht, die kamen zum Gesangsunterricht untertags in die Villa. Mir fiel nur auf, dass der Unterricht meist lange dauerte. Und dass nicht die ganze Zeit über Stimmübungen, Lieder und Arien erklangen.

Der Padrone bat mich abends immer öfter in den Salon, er wollte sich in deutscher Konversation üben, aber auch mir dabei helfen, meine Tausenden auswendig gelernten Vokabeln in Fluss zu bringen. Immer stärker begann ich diese Abende herbeizusehnen. Nachmittags stand ich lange vor dem Spiegel, brachte mein Haar in Form, probierte neue Frisuren aus.

Vor einer Geschäftsreise im Frühjahr küsste mir Signor De Luca zum Abschied die Hand. Seine Lippen auf meinem Handrücken. Mein Mund an dieser Stelle, als ich abends im Bett lag. Verbotene Gefühle, verbotene Träume. Leib und Seele in Aufruhr, über Wochen. *Du sollst nicht begehren deiner Nächsten Mann.*

Ich begann im *Corriere della Sera* die Annoncen durchzusehen. Antwortete heimlich auf Inserate.

Mitte August blieb ich dann für wenige Tage allein zurück im Haus auf dem Posillip. Die Signora war zu einem Opernfestival gefahren. Der Padrone mit

Paolo zu einer befreundeten Familie in das Tessin. In diesen Tagen bekam ich Post. Ich solle anrufen. Eine Familie Ermacora, Geschäftsleute in Cividale. Den Namen dieses Ortes hatte ich noch nie gehört. Das Telefon im Haus wagte ich ohne Zustimmung nicht zu benützen. Ich hatte vor jedem Anruf um Erlaubnis gefragt. An einem der heißesten Sommertage machte ich mich auf den Weg zum Telegraphenamt. Über der Straße schwimmende Luft.

Nach dem Anruf bezahlte ich die Gebühr für vier Minuten. Nur wenige Sätze, schon hatte ich die Zusage für diese Stelle bekommen. Enzo, der jüngste Sohn der Familie, war sehschwach, *Erfahrung mit Blinden oder Sehschwachen erwünscht*, stand im Inserat.

Die Hälfte des Geldes, das ich vorab schon für den ganzen Monat bekomme hatte, gab ich in ein Kuvert. Legte das Kuvert auf den Tisch im Salon. Dort, wo wir gesessen waren zur Konversation. Ich solle ihn nicht immer Padrone nennen, hatte Signor De Luca zuletzt gesagt. Könne Mauro zu ihm sagen.

Du sollst nicht lügen. Ich nahm einen Zettel zur Hand und einen Bleistift. Dass ich dringend nach Hause müsse, schrieb ich mit verwackelter Schrift, wegen höherer Gewalt die Stelle hier fristlos verlassen. Dass es mir leidtäte. Den Haustorschlüssel würde ich in den Postkasten werfen.

* * *

„Ich möchte nur wissen, warum Walter und Liesel im Hotel schlafen wollen. Lotte hat mir das erzählt. Dann müssen die viel Geld ausgeben fürs Übernachten. Wo es doch gratis wäre in deinem Haus."

Mamas aufgeregte Telefonstimme. Was sie sagt, klingt für mich wie ein Vorwurf.

„Ich glaube, es ist ihnen einfach zu viel Wirbel hier", antworte ich, „und sie können sich das echt leisten."

Mama überzeugt meine Antwort nicht, trotzdem wechselt sie das Thema. „Eine Sensation", sagt Mama, „im September kommt Reto nach Klagenfurt. Mich besuchen." Mama ist seit einigen Jahren wieder in Kontakt mit einer ehemaligen Liebschaft aus Davos. Ein um zwölf Jahre jüngerer Mann. Briefe hin und her. Manchmal auch Telefonate. „Keine Sorge, hat Reto gesagt, ich schlafe auf dem Teppich vor deinem Bett", sagt Mama, „das belustigt mich."

Es ist möglich, dass Mama heute noch einmal anruft mit derselben Frage wegen Walter und Liesel. Mama vergisst. Und vergisst, dass sie vergisst. Manche Dinge aus dem Kurzzeitgedächtnis aber prägen sich dennoch tief in ihrer Erinnerung ein.

Max versucht mich zu beruhigen. Nur Mamas *Sparhaltung* spreche aus ihren Worten, kein Vorwurf dahinter. „Mama wirft ihre Sparhaltung wie ein Lasso um alle Personen in der Familie", sagt

Max und ahmt mit seiner rechten Hand die Bewegung eines Cowboys nach. Ich mache aus Mama ein Cowgirl, setze sie auf ein Pferd und muss lachen. Mama als Cowgirl, das habe ich schon einmal wo gesehen: auf einer Collage von Lotte aus den Jahren in Brünn. Eine ganze Mappe voller Collagen hat Mama aus Davos mitgebracht, auf jeder hat Lotte ihr lächelndes Gesicht gezeichnet, es lächelt die Sehnsucht weg und lächelt die Sehnsucht gleich wieder herbei.

Das Erwartete tritt ein, nach nur wenigen Stunden. Mama fragt nochmals an, warum Liesel und Walter im Hotel schlafen müssten.

Vor vielen Jahrzehnten hatte Mama dafür gesorgt, dass Papas unehelicher Sohn Walter regelmäßig Alimente bekam. Monat für Monat hatte sie das Geld auf den Semmering geschickt, in Papas Namen. Als der Bub sechs Jahre alt war, brachte ihm die Post eine Lederschultasche aus Graz. Walter, der wusste, dass Mama sich darum gekümmert hatte, sprach immer voll Ehrfurcht von unserer Mutter. Unser Halbbruder Walter ist nur ein Jahr älter als ich. Dass er ein *Unfall* war, hatte es immer geheißen. Papa wollte ihn nicht anerkennen. Nie sei er eingedrungen, bevor das Zimmermädchen schwanger war. Von einer Zeugung könne man daher nicht sprechen.

Zum Zeitpunkt von Walters Geburt arbeitete Mama bereits als Volontärin im Südbahnhotel, nach ihrer Ausbildung in der Wiener Kochschule Hess. Erst Jahrzehnte später ist unser Halbbruder dann in unser Leben getreten. Die Polizei war zu ihm gekommen, wollte irgendeine Auskunft von ihm. „Aber ihr müsst jetzt auch was für mich tun", sagte er zu den Polizisten, „ich hätte gern die aktuelle Adresse von einem gewissen Pavel Prochazka."

Nach nur einer Woche bekam Walter Papas Adresse am Rosenberg. Er schrieb ihm sofort einen Brief. Walter, der *hineingeheiratet* hatte in das Hotel, in dem er seine Lehre gemacht hatte als Kellner. Damals hatte er schon die Leitung übernommen. Papa, der sich nie um Walter gekümmert hatte, antwortete sofort auf dessen Brief. „Sehr geehrter Herr Hoteldirektor", begann er das erste Schreiben an seinen Sohn. Das hat uns Walter einmal erzählt.

Mama sagt, sie würde nun Walter und Liesel anrufen. „Es ist kein *Gstell*, dass die Geld ausgeben müssen fürs Übernachten", wiederholt Mama. Als wäre es meine Schuld. „Ich gebe dir Bescheid", sagt sie, „sobald ich weiß, ob es dabei bleibt."

Von Neuem bin ich verärgert über Mamas *Sparwut*. Ich spüre, wie mein Groll anwächst gegen unsere Mutter. Jahrzehntelang hat sie behauptet, ich hätte meine Geschwister im Stich gelassen, als ich ins Kloster ging. 1938 hätte ich als Zeichen sehen sollen, dass ich woanders hingehörte, nicht in den Orden. Zu meiner Familie. Zu meinen Geschwistern. *Barmherzigkeit beginnt in der Familie*, Mamas Formel für mein angebliches Versagen.

Schon einen Tag nach dem Anschluss waren die SA-Männer ins Mutterhaus gekommen. Bald wehte am Klostergebäude eine Hakenkreuzfahne. Tags darauf kamen wieder zwei Männer von der SA. Angeblich hätten wir Schwestern im Keller Maschinengewehre versteckt.

Mit Säbeln stocherten sie im Kellerboden. Die männlichen Angestellten des Ordens mussten die Erde aufgraben. Umsonst. Eine ältere Mitschwester, die gerade über den Hof ging, wurde von den SA-Männern angehalten. Sie musste ihren Habitsack umdrehen und ausleeren. Zwei Groschen, ein Taschentuch und ein Rosenkranz kamen zutage.

Am 20. April half ich bei den Vorbereitungen für die angeordnete Feier zum Geburtstag des Führers. Ich habe selbst gehört, wie die neuen Politiker versprachen, unsere Schulen würden erhalten bleiben. Ein leeres Versprechen. Nach einigen Verordnungen und Erlässen mussten sich alle Schwestern vom Unterrichten verabschieden, später auch von den Räumen, in denen wir gelebt, gebetet und gearbeitet hatten. Einige brachen auf, nach Brasilien und Südafrika. Andere fanden Beschäftigung als Organistinnen, als Mesnerinnen, Krankenschwestern oder Pfarrhaushälterinnen. Weil ich noch keine Arbeitsstelle hatte, zog ich vorübergehend zu Papa in die Klosterwiesgasse.

Nach nur drei Wochen konnte ich die Stelle im Blindeninstitut antreten. Endlich. Dort blieb ich dann sieben Jahre.

Bis heute kehre ich im Traum immer wieder ins Odilien-Institut zurück. Überall Scherben. Das Glas aus den Fensterrahmen ist zerbrochen. Im Hof stehen mehrere Klaviere aus den ehemaligen Musikzimmern. Stockmalven blühen entlang der Hausmauer und verstreut im ganzen Hof, in Gelb, Rot und in einem ganz dunklen Violett. Einige ragen aus den geöffneten Deckeln der Flügel hoch in den Himmel. Immer wieder dieselben Bilder. In Wirklichkeit hatte ich 1945 nur die grünen Blattrosetten der Stockmalven gesehen, die Irene im Herbst davor ausgesät hatte. Blattrosetten wie Inseln im Schutt.

Ich dagegen habe Mama immer wieder vorgehalten, sie hätte mir die Geschwister weggerissen, als sie fortging. Jetzt, beim Jäten von Unkraut im großen Blumenbeet hinter dem Haus, höre ich Mamas Stimme: *Du warst mir immer eine Fremde*. Wie oft hat sie das zu mir gesagt.

Ich bin die ÄltesteTochtereinerältestenTochtereinerältestenTochter. Schon die Kirchbacher Großmutter hat sich über die Kälte ihrer Mutter beklagt. Mama hatte dasselbe Schicksal. Man habe sie in der Wohnung über der Gaststube einfach sich selbst überlassen. Sie hätte nur verdünnte

Ziegenmilch als Nahrung bekommen, keine Muttermilch. Ihre Mutter und Großmutter wären zwischendurch die Treppen hochgekommen. Nachschauen, ob das Kind noch atmet.

Der Familienbann wurde durch die Geburt von Michael gebrochen.

Wenn ich Michael ansehe, schaue ich auch Mauro ins Gesicht. Züge und Mimik, die dunkelbraunen Augen, alles erinnert mich an Michaels Vater. Auf den Fotos im Salon ist es besonders deutlich zu sehen: das gleiche Gesicht, nur in zwei verschiedenen Rahmen. Michaels Mähne, Mauros Glatze. Die fehlenden Zentimeter auf die österreichische Durchschnittsgröße gleicht Michael mit seinem Charme dreifach aus.

Ob es Zufall war, dass ich Mauro wiederbegegnet bin, oder irgendeine Art von Bestimmung.

Cividale, 9. August 1948.

Vor zwei Tagen haben wir unseren Meeraufenthalt unterbrochen. Ein wichtiger Arzttermin. Gestern waren wir bei diesem Spezialisten in Udine. Der hat uns die Adresse gegeben von einem Professor für Augenheilkunde in Rom. Es gibt Hoffnung für Enzos Augenlicht. Ich solle nur dafür sorgen, dass er sich nicht zu oft mit den Fäustchen die Augen reibe, hat der Doktor gestern gesagt. „Albicocche, per favore“, ruft Enzo, als ich ihn frage, ob er Obst essen möchte. Eine Schüssel mit

Weintrauben und Pfirsichen steht auf dem Tisch. Ich schaue in Enzos Gesicht. Diese großen Augen. „Albicocche, per favore!“ Das ganze Kind nur eine einzige Bitte. Gut, gehen wir Marillen kaufen. Ich nehme den Korb. Setze Enzo die dunkle Brille auf. Die Stiegen hinunter. In der Vorhalle steht der Kinderwagen. Enzo sträubt sich, als ich ihn hochhebe und hineinsetzen möchte. Er will zu Fuß gehen. Bis zum Markt ist es nicht weit. Zum Glück gibt es Schatten in der Gasse hinauf zur Piazza. Erst dort pralle Sonne. Die Obst- und Gemüsestände stehen vor den Arkaden. Beim dritten Stand leuchten mir Marillen entgegen. „Ein Kilo, bitte“, sage ich zur Marktfrau. Sie trägt ein schwarzes Kleid und ein schwarzes Kopftuch, wie viele andere hier. Beim Abwiegen der Früchte kneift sie die Augen zusammen. Vorsichtig hebt sie Marille für Marille von der Waagtasse in meinen Korb. „Eine Extra-Marille für den kleinen Herrn“, sagt sie jetzt, nimmt eine Frucht, verlässt ihren Platz hinter dem Stand und beugt sich zu Enzo hinunter. Streckt ihm die Marille auf ihrem Handteller entgegen. „Da, nimm! Das ist für dich, piccolino!“ Enzo greift zuerst zwei Mal daneben.

Hand in Hand wieder nach Hause. Bald stehen wir vor unserem Tor. Enzo aber möchte noch nicht nach Hause. Er zieht mich gassenabwärts. „Giocattoli“, ruft Enzo, „giocattoli.“ Im Kurzwarenladen auf der Piazza del Duomo gibt es seit

Neuestem auch eine Spielzeugabteilung. Ich gebe Enzos Ziehen nach. Der Weg zwischen unserem Haus und dem Domplatz führt an vielen Schaufenstern vorbei, die mir gefallen. Vor allem die des Uhrmachers. Neben Armband- und Pendeluhren wird hier auch Schmuck ausgestellt: Kettchen, Ringe und Ohrhänger. Daneben befindet sich ein Kleidergeschäft. Wie gut Enzo diesen Weg kennt. Er zieht mich weiter. Meine Schaufenster müssen warten. Vor dem Café an der Ecke stehen einige Tische und Stühle. Aufgespannte Sonnenschirme. Ein Mann, der dort sitzt, erinnert mich schon wieder an Mauro. Dieser Hinterkopf. Seitdem ich Neapel verlassen habe, begegne ich immer wieder jemandem, der mich an Mauro erinnert. Manchmal denke ich kurz, er wäre es wirklich. Diese Stiche im Brustkorb. Dann gleich dieses Pochen. Und danach ein Brennen auf meiner Haut. Enzo zieht mich in den Laden. Ich bin halb abwesend, während der Kleine die Puppen berührt, die Teddybären und die Autos aus Blech. Gar nichts Neues gibt es da seit unserem letzten Besuch. Ein grünes Auto aber lassen Enzos Händchen nicht mehr los. Ich möchte es bezahlen. Der Ladeninhaber wehrt ab. „Ein kleines Geschenk“, sagt er. Dann streichelt er Enzo über den Kopf. „Poverino“, sagt er, armer Kleiner. Wir verlassen den Laden. Der Mann, der mich von hinten an Mauro erinnert hat, steht gerade auf. Jetzt sehe ich ihn von vorne. Er schaut mich an. Ich schaue ihn an. Nun kommt er näher. Sagt „Elga“. Ich halte mich an Enzos kleinem Händchen fest und am Korb an meinem Arm. Unwirklich erscheint mir, was ich vor mir sehe. Enzo zieht an meiner Hand. „Tragen“, sagt er, „bitte tragen.“ Ich stelle den Korb ab und hebe ihn hoch. Enzos Arme um meinen Hals, sein Kopf an meiner Schulter, ich beginne wieder zu atmen. Mein Herz pocht in den Körper des Kindes hinein.

Mauro sagt, er sei unterwegs nach Triest, zu einem Termin. Habe da in Cividale ein Zimmer genommen zum Ausschlafen. Die lange Autofahrt von Neapel herauf in den Norden des Landes. Diesmal habe er sich für Cividale entschieden. Ein kleiner Umweg. Das letzte Mal habe er in Cormòns übernachtet. In früheren Jahren immer in Palmanova.

„Hast du meine Briefe nicht bekommen?“, fragt Mauro. „Doch“, sage ich, „aber ich habe sie nicht gelesen. Gar nicht aufgemacht.“ Der Briefträger hatte vier Briefe von meiner letzten Kirchbacher Adresse in Großmutters Gasthaus gebracht. Großmutters prüfender Blick, als sie mir die Post überreicht hat. Ihr Spürsinn, ihr Wittern. Ich wollte mein Geheimnis für mich behalten.

Mauro fragt, ob es mir gut gehe. Ich erzähle ihm von meiner Stelle hier bei der Familie. Fast ein Jahr bin ich jetzt schon in Cividale. Ja, bei den Ermacoras geht es mir sehr gut. Nach nur einer Woche hatte sich Enzo an mich gewöhnt. Ich liebe dieses Kind. Manchmal verzichte ich sogar auf meinen freien Tag, weil ich Enzo vermisse, sobald ich aus dem Haus bin.

Mauro lächelt. Sieht mich lange an, ohne etwas zu sagen.

„In zwei Tagen komme ich wieder hierher", sagt er schließlich, „wenn ich in Triest alles erledigt habe. Dann trinken wir zusammen einen Kaffee."

„Übermorgen bin ich nicht mehr in Cividale", sage ich, „da sind wir schon wieder in Grado, am Meer."

„Dann komme ich eben nach Grado", sagt Mauro.

„Fragen Sie dort nach den Ville Bianchi, und bei den Ville Bianchi nach dem Quartier von Familie Ermacora", sage ich.

Mauro streicht Enzo zärtlich über den Kopf. Ein Kuss, seitlich auf meine Wange. „Bis übermorgen", sagt er, „ich habe es dann nicht eilig zurück nach Neapel. Die Geschäfte laufen auch ohne mich. Und zu Hause ist niemand, bis Ende August."

Noch ein kurzes Winken, bevor er um die Ecke geht.

Kein Mauro mehr zu sehen. War er das wirklich oder hat meine Sehnsucht ein Trugbild erzeugt?

Zu Hause nehme ich Papas kleines Ölbild aus dem Wäschefach meines Schrankes. Stelle es auf den Sekretär. Dann ziehe ich die Briefe aus dem

Fach im Innenfutter des Koffers hervor. Öffne sie und lese alle vier der Reihe nach durch. Lese sie wieder und wieder. Von Anfang bis Ende. Das Papier wirkt echt. Die Worte darauf klingen wahrhaft. Der sie geschrieben hat, sagt, dass er mich liebt.

* * *

Unsere Nachbarn bringen Stühle, Töpfe, Geschirr, Gläser, Besteck. Wenn sie ein Gartenfest machen, wandern unsere Sachen zu ihnen hinüber. „Wo ist Max?“, fragt Luisa. „Wieder mit dem Boot unterwegs in der Lagune? Vögel beobachten?“ Sie blickt in den Himmel und lächelt.

„Nein“, sage ich, „Max ist mit dem Rad Richtung Isonzo gefahren.“

„Vögel beobachten?“, fragt Luisa gleich wieder. Schaut mich mit großen Augen an.

„Ja“, sage ich.

Unser gewohntes Spiel. Jedes Mal dieses Erstaunen: Da ist einer, der Vögel beobachtet, aber niemals einen Vogel verspeist. Was für ein seltsamer Mann!

Mit Max selbst haben die Nachbarn noch nie ein Wort darüber gesprochen. Zwischen Max und Francesco gibt es andere Themen. Baumschnitt, Oleanderdüngung. Kompost. Ameisen, Regenwürmer und Asseln. Auch über die italienische Innenpolitik wird geredet, abends, bei einem Glas Wein. Mit Max übt unser Nachbar sein gebrochenes Deutsch. In jungen Jahren hat Francesco einige Jahre in München verbracht. Beim Straßenbau. Viel Geld habe er damals verdient, sagt er. Und die deutsche Sprache erlernt, wie man auf der Straße eben eine Sprache erlerne. Sein *Straßendeutsch* möchte er mithilfe von Max wieder aufwecken und perfektionieren. Max ist ein geduldiger Zuhörer. Seit vielen Jahren. Wenn Francesco die deutschen Wörter fehlen, weil sie ihm davongeflogen sind wie Vögel, ah, sì, auch Wörter können fliegen, dann trägt sie ihm Max wieder zu. Diese Ausdauer hätte ich nicht. Beim Sprachenlernen denke ich immer sofort an Wörterbücher und Vokabelhefte, an Konjugationstabellen und Lehrsätze zur Grammatik, an Pauken und Wiederholen. „Ich bin sein Wörterbuch, sein Vokabelheft und seine Grammatikfibel, alles in einem", hat Max einmal gesagt und gelächelt.

Erst nach Sonnenuntergang höre ich das Gartentor sich öffnen und schließen. Max erzählt mir, er sei heute in Fossalon auf die Kolonie der Flamingos gestoßen. Habe die Jungvögel beobachten können bei ihrer Fütterung durch die Eltern. Mutter und Vater bilden Kropfmilch für ihre Jungen. Pumpen sie hoch und tropfen sie in deren offene Schnäbel.

* * *

Signora Ermacora sah es mir als Erste an. Ich versuchte meine Schwangerschaft zu verbergen, aus Angst vor einer fristlosen Entlassung. Hatte auch Mauro nichts gesagt Anfang November, als ich statt zu den Gräbern nach Kirchbach in die Toskana gefahren war zu einem heimlichen Treffen. In freien Stunden saß ich in Cividale oft auf den Stufen hinter dem Dom, dort, wo es über die Treppe hinuntergeht zum Brunnen und weiter zur Via del Monastero. Schaute hinauf zum blinden Fenster an der Fassade der Apsis. Da, in dieser Mauernische, Spuren eines Freskos. Gerade noch zu erkennen ein Frauenkopf und ein nacktes Kleinkind. Konturen eines weiten Mantels. Farbreste von Blau. Alles verwittert.

Ich vertraute mich Signora Ermacora an, sagte, dass meine Regel schon vier Monate ausgeblieben sei. Ein Schatten wanderte in das Gesicht meiner Padrona. „Du wirst jetzt weggehen, heiraten“, sagte sie. „Nein, Signora“, erwiderte ich, „ich werde nicht heiraten. Der Vater meines Kindes ist ein gebundener Mann.“

Jetzt habe ich alles gesagt, jetzt kann ich gehen, dachte ich. Aber Signora Ermacora umarmte mich. „*Che gioia!*“, rief sie aus. Was für eine Freude! Ich würde nicht weggehen. Sie würden mich nicht verlieren. Noch einmal ein Säugling im Haus! Der kleine Enzo würde Gesellschaft bekommen!

Mamas Cousin, der Pfarrer-Onkel aus dem Görtschitztal, wollte mich damals auf einem Pfarrhof unterbringen, irgendwo in Kärnten. Als Köchin. Er werde das schon regeln, schrieb der Onkel Mama nach Davos. Sie hatte ihn um Hilfe gebeten. Die Kirche müsse sich auch um *gefallene Mädchen* kümmern, schrieb er mir nach Cividale. Um solche, die sich fern der Heimat die Flügerl verbrannt hätten.

„Ich habe weder Flügerl noch Brandflecken drauf!“ Das hätte ich ihm gern zurückgeschrieben. Stattdessen stand auf meiner Postkarte nur: „Ich danke Dir sehr für dein ehrbares Angebot, aber ich habe schon einen anderen Plan.“ Worte, die klangen, als hätte sie mir Mama eingeflüstert.

Bis Michael vier Jahre alt war, blieben wir im Haus von Familie Ermacora in Cividale.

„Ich wünschte, du wärest in meiner Nähe“, schrieb mir Lotte im Frühjahr 1954, als sie zum ersten Mal schwanger war. Ich begann nachzudenken. In Klagenfurt könnte ich meine Ausbildung zur Lehrerin abschließen. Mauro unterstützte diese Idee. Im Spätsommer 1954 verließ ich mit Michael unser Zuhause in Cividale, nach einem inneren Kampf: Herz und Vernunft gegen Vernunft und Herz. Enzo ging ja bereits zur Schule. Nach drei Operationen an seinen Augen konnte er eine Regelschule besuchen. Hatte dort längst Freunde gefunden.

In Klagenfurt war Lotte mein Anker. Wir zogen in die Kinkstraße. Unsere Wohnung lag im Parterre. Sie war günstig. Lotte und Thomas wohnten im selben Haus, zwei Stockwerke höher. Rund um das Haus ein Garten mit alten Bäumen und Sträuchern. Eine Steintreppe führte zur Straße hinunter.

Die Sommerferien verbrachte ich weiterhin mit Michael und Mauro in Grado, in den Ville Bianchi, wo sich zur selben Zeit auch die Ermacoras einmieteten. Die Besitzerinnen der Villen, die ledigen Schwestern Bianchi, wünschten Unverheiratete nicht zusammen unter ihrem Dach, daher gaben sie uns immer zwei nebeneinander liegende Zimmer, mit getrennten Eingängen. Das Besondere an diesen Zimmern aber war eine Verbindungstür. Mauro und ich, als wären wir Mann und Frau. Enzo und Michael, als wären sie Brüder. Die Weihnachtsferien verbrachten wir alle zusammen in Südtirol. Die Osterferien in der Toskana. Es waren die schönsten Wochen des Jahres.

1960, zu Beginn der Sommerferien, holte uns Mauro wie immer am Bahnhof Udine ab. In Grado fuhr er dann nicht die gewohnte Strecke zu den Ville Bianchi, sondern er bog rechts ab. Nahm dann eine der Straßen, die von der Via Zara nach Norden führen, zum Hafen am Meer, wo es Anlegeplätze gibt für Boote und Jachten. Hielt vor einem Doppelhaus mit Efeufassade. Im Garten eine mit Glyzinien bewachsene Pergola. Zwischen einer Schirmpinie und einer Zypresse ein Pavillon. Im Haus viele Räume.

Anfangs vermisste ich den Trubel rund um die Ville Bianchi. Die unmittelbare Nähe zum Zentrum. Bald aber begann ich die Ruhe zu genießen. In diesem Ortsteil gab es keine Touristen. Alle Nachbarn waren Gradeser, sie wohnten das ganze Jahr über hier.

Nun hatten wir ein gemeinsames Zuhause am Meer. Ein Geschenk für mich und unseren Sohn. Mauro hatte dafür in Neapel eine Immobilie verkauft. Einige Jahre später ließ er auch die zweite Haushälfte renovieren und schuf damit eine Wohneinheit zum Vermieten. Von März bis Mitte November stand die niemals leer.

Zwanzig Jahre dreigeteilt zwischen unseren Familienwochen und Zeiten dazwischen. Die waren ausgefüllt mit Arbeit und Vorfreude. Zweimal in der Woche ein Telefonat. Ich war zufrieden mit diesem Leben. Die Blicke auf meinen Ringfinger ohne Ehering konnte ich gut ertragen. Freundinnen und Kolleginnen klagten über Eheprobleme, erzähltenvonÜberdrussFremdgängenScheidungsanwälten. Unsere Verliebtheit endete nicht.

Wir verbrachten immer mehr von unserer gemeinsamen Zeit in Grado, zuletzt sogar die Weihnachtsferien, wenn die Bora durch die Gassen fegte. Nach Mauros Tod bin ich nur mehr zwischen Klagenfurt und Grado gependelt. Mit einer Ausnahme.

Zu ihrem Siebziger wünschte sich Mama eine Reise. Südtirol, Graubünden, Tessin. Bis dahin war sie oft mit Fritz unterwegs gewesen, meist im Salzkammergut und einmal im Jahr zum Gemüseeinkauf in Marburg. Mit Alfred fuhr sie an Kärntner Lieblingsorte, mit Lotte verbrachte sie jeden Sommer drei Tage im Kirchbacher Schloss. Diesmal sollten wir zu fünft eine Reise machen, im Wagen von Fritz, dem sie als Chauffeur am meisten vertraute.

Unser erstes Ziel war Davos. Mama war seit den frühen Fünfzigerjahren nicht mehr dort gewesen. Alfred, Lotte und Fritz freuten sich, den Ort nach Jahrzehnten wiederzusehen. Ich kannte Davos nur von Erzählungen und Fotos.

Wir wohnten im Hotel Kulm auf der Passhöhe, Mamas letzter Arbeitsstelle. Mittlerweile hatte die nächste Generation den Familienbetrieb übernommen, aber alle erinnerten sich an die Köchin aus Österreich.

Vom Hotel Kulm nur ein kurzer Weg zum Soldatenfriedhof, versteckt hinter Bäumen. Mama führte uns zum Grab von Franz Jansen, einem ehemaligen Ortsgruppenleiter der NSDAP in Davos. Der war drei Jahre vor Kriegsbeginn verstorben. Seine Witwe Rosa habe sich nach dem

Krieg das Leben genommen, erzählte Mama uns zwischen den Gräbern von Soldaten, die rund um den Ersten Weltkrieg in der Deutschen Heilstätte verstorben waren. Rosa Jansen hatte 1945 einen Ausweisungsbescheid bekommen, sie sollte zurückkehren nach Deutschland. Ihr Wiedererwägungsgesuch wurde vom Schweizer Bundesrat abgelehnt.

Hier, am Grab des ehemaligen Ortsgruppenleiters Jansens, sagte Mama, mit siebzig wolle sie nun endlich reinen Tisch machen. 1945 habe auch sie einen Ausweisungsbescheid bekommen und einen Einspruch dagegen gemacht. Danach habe sie bis zum Verfahrensende Davos nicht verlassen dürfen. Daher der späte Besuch erst im Sommer 1946. „Ihr könnt jetzt denken, was ihr wollt. Ja, ich habe euch angelogen, aus reiner Rücksicht. Ich hatte die Aufforderung bekommen, die Schweiz zu verlassen. Aber was sollte ich tun in diesem Trümmerland Österreich? Es war klar, hier in Davos würde es schnell wieder aufwärtsgehen mit den Gästen, ich wollte ja wieder in ein Hotel. Weg von den Kranken. Ich hätte sogar eine Stelle als Glätterin angenommen, wär' ich nicht als Köchin untergekommen."

Mama sparte damals für eine eigene Wohnung. Sie hatte Glück, durfte in der Schweiz bleiben, das Verfahren war zu ihren Gunsten ausgegangen. Dank des Schweizer Frankens wurden ihre Rücklagen nicht von der Inflation des Schillings vernichtet. Mama wollte uns etwas mitgeben können, sagte sie, immer habe sie dafür gespart. Dann erzählte sie uns von einer Notiz in der *Davoser Zeitung*, zu Beginn ihres Aufenthalts habe sie die gelesen: Vier *Hinduschwestern* hatten zusammen Selbstmord begangen, weil ihr Vater die Mitgift nicht aufbringen konnte. Er hatte gespart, aber das Geld reichte nur für die drei ältesten Töchter. *Durch und durch* sei ihr diese Meldung gegangen, sagte Mama.

In Davos erzählte sie uns noch vieles andere aus ihren Jahren an diesem Ort. Von den Männern, die im Winter Platten aus dem Eis des Davoser Sees schnitten für die Vorratskammern der Hotels. Von ihren Sorgen, als sie 1938 in der Zeitung gelesen hatte, dass es so viele Arbeitslose gab in der Schweiz, zugleich aber so vielen Ausländern Arbeitsbewilligungen erteilt wurden. Ausländerinnen als Serviertöchter wurden dann nicht mehr zugelassen, nur in besonderen Ausnahmefällen. Von einem ihrer seltenen Kinobesuche. Ein echter Luxus, sagte sie, aber einen neuen Film mit Magda Schneider hätte sie unbedingt sehen wollen. *Frauenliebe, Frauenleid*, so oder so ähnlich habe der geheißen.

Und wie hast du den Anschluss Österreichs mitbekommen?, fragte Alfred.

„Ja, ja, in der *Davoser Zeitung* stand alles zu lesen. Ich erinnere mich, der 12. März war ein

Samstag. Ein Freudentag war das. Am Abend bin ich zu einem Konzert ins Hotel Bahnhof gegangen. Das bekannte Streich- und Jodelsextett ‚Alpenglöggli' hatte da einen Auftritt."

Und dann zeigte uns Mama das ehemalige Wohnhaus des ermordeten Wilhelm Gustloff, den sie so sehr verehrt hatte. Ein blauer Block, flach wie die meisten Häuser und Hotels in Davos.

„Einmal habe ich mich im Café Schleich mit einer Kollegin getroffen", erzählte uns Mama, „da gab es viele Zeitungen und Zeitschriften. Auf einer Satirezeitschrift vorne drauf war eine Karikatur: ein Schweizer mit Käppi, und auf seiner Nase tanzt ein Mann mit Hakenkreuz herum. Darunter stand: *Gustloff und wir.*" Mamas harter Blick. Sie machte sich ganz gerade. Und dann sagte sie, im Ton eines Triumphes: „Ich habe dieses Café nie mehr betreten!"

Gegen Kriegsende, beim Vormarsch der Alliierten, hörte Mama dann das Gerede: Personen, die eine Gefahr darstellten für die Sicherheit der Schweiz, sollten ausgewiesen werden. Nach Kriegsende ging es vielen zu langsam. Ein Schriftzug auf dem Trottoir vor dem Palace-Hotel: *Behörden handelt oder wir!* Alle, die in der NSDAP tätig gewesen waren, sollten hinausgeworfen werden aus der Schweiz. Außer es gab einen Entlastungsgrund.

Nach dem Mittagessen im Hotel National fuhren wir zum Waldfriedhof. Dort suchte Mama nach Gräbern von alten Bekannten. Ein Lärchenwald. Lauter kleine Holzkreuze, keines sticht vom anderen ab. Einige Gräber haben wir gefunden.

Südöstlich schließt sich ein jüdischer Friedhof an. Ich betrete ihn durch das Tor. Alfred folgt mir. Mama und Fritz bleiben an der Mauer stehen und betrachten den Ausblick auf die Berge gegenüber im Landwassertal. Ein Grab etwas abseits fällt mir auf. Ich lese laut, was auf dem Grabstein steht, unter hebräischen Schriftzeichen: „Asche und Überreste von Verbrannten aus Buchenwald, 6. September 1946."

Stille.

„Da drüben ist Frauenkirch", sagt Mama, „und da die Stafelalp. Und das ist der Amselflue. Dahinter liegt Arosa."

Seit Jahren hatten wir nicht mehr über dieses Thema gesprochen. Seit dem Familieneklat. Fritz hatte wieder einmal vom *slawischen Untermenschentum* geredet. Worauf Michael ihn fragte, ob er denn nichts gehört habe von *germanischen Untermenschen*. „Was ist mit AuschwitzDachauMauthausen?", gab Michael noch drauf.

„Lauter Lügen. Das sind Attrappen der Amerikaner, nach dem Krieg errichtet, damit sie den Deutschen den Schwarzen Peter zuschieben konnten." Da waren sich Mama und Fritz einig.

Vor einigen Jahren habe ich Mama angerufen, weil es im Fernsehen wieder einen Film mit Richard Chamberlain gab. Mama, die zwei Mal alle Folgen der *Dornenvögel* angesehen hatte. Völlig hingerissen war sie von diesem Schauspieler.

„Richard Chamberlain ist heute im Fernsehen", habe ich gesagt. „Pater Ralph, dein Liebling."

Eine halbe Stunde später rief mich Mama zurück. Empört. Sie habe den Fernseher abgedreht. „In diesem Film da ist er doch gar nicht schön!" Ich habe dann im Programm nachgelesen. Richard Chamberlain verkörperte Raoul Wallenberg, den schwedischen Diplomaten, der 1944 in Ungarn für Tausende Juden Schutzbriefe und Schutzpässe ausgestellt hatte, um sie vor der SS und der Gestapo zu retten.

Die familiären Spannungen saßen beim Abendessen wieder mit uns an der Tafel. Trotz *Bündner Gerstensuppe*, *Plain in Pigna* und *Engadiner Nusstorte*. Das alte Thema aufgerissen, Fritz wortkarg, nach der Mahlzeit eine Zigarette nach der anderen rauchend. Lotte, die mit Mama das Zimmer teilte, kam zurück auf die Terrasse, sobald Mama zu Bett gegangen war. In der Hand eine Tasche. Lotte öffnete das Außenfach: „Da geben wir jetzt das Thema hinein, bis zum Ende von Mamas Geburtstagsreise", sagte sie, „ich bitt' euch darum." Lotte klappte das Fach weit aus. Deutete mit beiden Händen an, etwas Unsichtbares hineingleiten zu lassen. Schloss das Fach mit dem Reißverschluss zu.

Es wirkte. Wir hatten danach drei schöne Tage im Tessin. In Lugano, Ascona und Locarno. Mit Alfred spazierte ich sogar hinauf auf den Monte Verità, während Fritz und Mama in einem Café der Seepromenade saßen, vor sich das Wasser des Lago Maggiore. Auf der Rückfahrt machten wir noch Station in Meran. Traumhaftes Wetter. Das Thema blieb in der Tasche. Wir hielten durch.

Lotte, immer möchte sie Harmonie schaffen und Ausgleich. Schon als junges Mädchen hatte sie Fritz beauftragt, Blumen pflücken zu gehen, damit sie Blüten pressen und Mama nach Davos schicken konnte, als angeblichen Gruß von Fritz, dem *Blumenkavalier*. Fritz war damals bereits wortkarg, überließ das Briefeschreiben völlig seiner Schwester. Meistens setzte er nur seine Unterschrift unter Lottes warmherzige Zeilen. Dass keine der Blüten ganz angekommen war, erfuhr ich erst vor einigen Jahren. Als ich Ordnung machte in Mamas großem Kasten im Vorraum. Ein grauer Einbauschrank mit Schiebetüren, darin *Kramuri* aus vielen Jahrzehnten. Nach langem Bitten hatte Mama mir die Erlaubnis gegeben, alles auszuräumen, die Regale auszuwischen. Dinge, die eventuell nicht mehr brauchbar waren, Mama vorzulegen, damit sie darüber eine Entscheidung treffen konnte. Ganz oben im Regal stand ein Schraubglas mit mattfarbigen Bröseln und Flocken – lila, gelb, rot, blau, grün und orange. Es waren die Reste der gepressten Blumen, die Lotte ihren Briefen nach Davos beigelegt hatte. Nie war eine ganz angekommen. Aber Mama hatte immer erraten, welche Blumen Lotte geschickt hatte, Vergissmeinnicht, Himmelsschlüssel, Herzerlstrauch. Hatte sich immer bedankt und geschrieben, wie wunderbar die Blüten aussehen würden. Davon erzählte sie mir nun, weil ich sie überreden wollte, den Inhalt des Glases in den Müll zu schütten. „Aber sag das ja nicht Lotte!" Mamas Befehlston.

Lotte wiederum hatte alle Schnappschüsse von Mama aus Davos in ein kleines Album gegeben. Mit Fotoecken fixiert. Jahreszahlen und Bildunterschriften mit weißer Tusche daruntergesetzt. Mama in dicker Wolljacke und Stulpen über den Hosenbeinen bei einer Rodelpartie. Oder auf der Eisfläche des Davoser Sees. Mama mit Knickerbocker und Bergschuhen beim Wandern. Oder mit einem Sommerkleid vor dem Wasser. Mama mit Freundinnen in einer Konditorei. Als hätte sie in Davos nur Urlaub gemacht. Lotte meint, Mama wollte uns schonen mit diesen Freizeitfotos, wollte uns nicht wissen lassen, wie sehr sie geschuftet habe für uns. Alfred sagt, Mama sei eine Heldin gewesen. Fritz hat dazu immer geschwiegen. Ob meinen Geschwistern nie der Gedanke gekommen ist, Mama hätte uns verlassen, hätte damit uns Kinder auseinandergerissen?

Es ist wahr, Mamas Geld ist uns allen zugutegekommen. Sie hat immer bemerkt, wenn es irgendwo eng geworden ist mit den Finanzen. Ihr *Dazuzahlen* war treffsicher und verlässlich.

Neben ihrer *Rackerei* arbeitete Mama viele Jahre lang auch noch ehrenamtlich beim Kärntner Heimatdienst. Aussendungen vorbereiten, die Zeitschrift *Ruf der Heimat* mit Adress-Etiketten versehen. Lotte begleitete Mama immer wieder ins Büro des Kärntner Heimatdienstes. Nicht aus Überzeugung, nur um Mama einen Gefallen zu tun. Auch für Vico Torriani fühlte sich Lotte zuständig. Mama hatte den Sänger als Jugendlichen in Davos kennengelernt. Vico Torriani in Villach! Vico Torriani auf der Seebühne in Mörbisch! Mama und Lotte saßen immer im Publikum.

* * *

Ein Brief von Fritz ist gekommen. Ich öffne ihn nicht. Lege ihn auf der Kommode im Vorraum ab. Max ist gerade weggegangen, auf den Markt. Frische Kräuter holen. Seit einiger Zeit nimmt er auch Salbei mit. Den mögen die Asseln nicht. Max legt abends Salbeiblätter rund um die Kellerfenster. Er hat beobachtet, wie die Asseln sich dem Salbei nähern, dann aber die Richtung wechseln, sobald ihre Fühler den Geruch wahrnehmen.

Mir ist bang. Ich befürchte eine Absage von Fritz ebenso wie neue Details vom Brünner Todesmarsch. Fritz hat die sudetendeutschen Angelegenheiten zu seinem Lebensthema gemacht. Als Abonnent des *Brünner Boten* und der *Sudetenpost* schreibt er eigene Rundbriefe für Verwandte und Freunde, auf Wachsmatrizen, wir alle bekommen die blauen Abzüge mit neuesten Informationen. Zur Vertreibung, zum Lastenausgleich, zu Gräberfahrten, zur Forderung nach Aufhebung der Beneš-Dekrete. In den letzten Jahren auch zu ersten Busausflügen in die alte Heimat. Für Fritz war es eine große Enttäuschung gewesen, dass die Brünner Großeltern von all dem nichts wissen wollten. Solange sie noch lebten, schwiegen sie dazu. Großpapa sagte immer, man solle nicht schlafende Hunde wecken. Fritz war es, der uns vor Augen geführt hat, was Großmama und Großpapa erlebt haben mussten auf dem beschwerlichen Fußmarsch von Brünn bis Pohrlitz, wo

Hunderte verstorben sind vor Erschöpfung, an Typhus und Ruhr. Und von dort weiter über Nikolsburg nach Drasenhofen diesseits der österreichischen Grenze. Dass Tschechen mit Gewehrkolben einschlugen auf die Köpfe von Ermüdeten, die im Straßengraben lagen und nicht mehr weiterkonnten. Mit höchstens fünfzehn Kilo Gepäck hatten sich die deutschen Brünner auf den Weg machen müssen, nach dem Abgeben von Schmuck und Sparbüchern. Ein trauriger Zug, der sich da in Bewegung gesetzt hatte am frühen Morgen des 1. Juni. Vom Garten des Augustinerklosters Richtung Bahnhof. In Fünferreihen. Aus allen Straßen kamen Menschengruppen dazu. Dann ging es Richtung Wienergasse. Am Straßenrand Bewaffnete. Die trieben Frauen, Kinder und alte Leute bis zur Stadtgrenze. Männer waren wenige in diesem Zug. Nur alte, die nicht mehr wehrfähig waren. Wehrfähige waren im Krieg gefallen oder noch nicht zurückgekommen. Und die schon wieder da waren, wurden sofort in Lager gesteckt. *Nemci ven!*/Deutsche raus!, ständig dieser Ruf vom Straßenrand her. Angespuckt wurden die Vertriebenen. Vielfach ihres Gepäckes beraubt. Arbeiter der Brünner Waffenwerke, Partisanen und Nationalgardisten trieben sie an.

Was zwischen der Befreiung Brünns durch die Rote Armee und der Vertreibung der Deutschen mit unseren Großeltern geschehen war, das wissen wir bis heute nicht. Wo sie sich aufhielten, als der alte und neue Staatspräsident Beneš am 12. Mai Brünn besuchte, als viele Deutsche in Lager gesteckt wurden. Ob sie nach Kriegsende Schutt aufräumen mussten und Bombentrichter füllen. Für die Russen putzen und Wäsche waschen. Sicher haben sie ein N auf weißem Grund getragen, für *Nemeč*, damit jeder sah, dass sie Deutsche waren. Ob sie hungern mussten, weil auf ihren Lebensmittelkarten ein N aufgedruckt war.

Lotte, die Fritz immer ihren Zeigefinger über die Lippen legte, wenn er die Tschechen verfluchte, „denk an Karel, denk an Janka!“, sagte. Michael, der nicht müde wurde zu erwähnen, allein schon die Besetzung der Sudetengebiete und danach der *Resttschechei* sei ein Verbrechen der Deutschen gewesen, und was die deutschen *Herrenmenschen* dem tschechischen Volk sonst noch angetan hätten, davon sei nie die Rede in der *Sudetenpost*.

Unsere Brünner Großeltern sagten nur, ihr Brünn gäbe es nicht mehr. Sie wären nun in Graz zu Hause. Hätten den Brünner Spielberg gegen den Grazer Schlossberg eingetauscht. Im renovierten Gartenhaus der Villa von Giselas Eltern verlebten sie ihre letzten Jahre, umgeben von Biedermeier-Möbeln und großformatigen Ölgemälden. Birkenbildern. Aus der Phase, in der Papa Bäume malte, ganze Serien von Birkenbildern hatte er innerhalb weniger Wochen gemalt. Niemand wollte die kaufen. Großpapa half Gisela im Büro. Großmama gab Privatunterricht auf Papas altem Flügel, frisch lackiert und gestimmt war der im Gartenhaus angekommen. Am Wochenende eine Runde um den Teich. Kaffeetrinken im Hilmteichschlössl. Opernbesuche.

Lotte erzählte mir von Großmamas Ausspruch angesichts der Villa und der Baufirma von Giselas Eltern: Nun habe es ihr Sohn doch noch zu etwas gebracht.

* * *

Zum Mittagessen haben wir ein Glas Weißwein getrunken. Jetzt bin ich ruhiger und öffne den Brief. Keine Absage. Ich atme auf. Fritz fragt, ob er jemanden mitbringen könne. Jochen, einen Freund, Sohn von Sudetendeutschen. „Aber keine Sorge", lese ich weiter, „bei mir hat sich etwas verändert." Fritz schreibt von einer Ackermann-Gemeinde in Deutschland, in der Jochen tätig sei, schreibt von Versöhnung zwischen den Völkern und von tschechischen Widerstandskämpfern, denen Ehre gebühre. Ich bin verwirrt. Am Datum erkenne ich, dass der Brief drei Wochen unterwegs war von Salzburg nach Grado. Ich greife sofort zum Hörer und wähle die Nummer von Fritz.

„Ja, natürlich kann Jochen mitkommen, wir haben genug Platz. Walter und Liesel übernachten im Hotel."

Kaum habe ich mich von Fritz verabschiedet und den Hörer aufgelegt, läutet das Telefon. Lotte. Sie ist unruhig, wie immer, wenn sich gleich mehrere aus unserer Familie ins Auto setzen. Ich höre das sofort an ihrer Stimme. Mauros Unfall vor zwanzig Jahren hatte Lottes Überzeugung gefestigt: Sich von einem Ort zum anderen zu bewegen sei gefährlich. Schon einige Jahre vor Mauros Unfall waren Tante Elisabeth und ihr Mann Milo auf der Rückreise nach London verunglückt. Die beiden hatten seit 1938 dort gelebt und erst zehn Jahre später zum ersten Mal wieder europäisches Festland betreten, um unsere Brünner Großeltern in Graz zu besuchen. Danach kamen sie alle zwei Jahre. Zum Glück haben die Brünner Großeltern den Tod ihrer Tochter nicht mehr erlebt.

* * *

Die lange Tafel ist bereit. Von der Pergola bis hin zum Pavillon stehen sechs Tische aneinander. An den Platz an der Spitze der Tafel hat Max einen Topf mit weißem Oleander gestellt. Dort, wo früher immer Mama gesessen ist. Jetzt spannt er noch eine Kette mit bunten Glühbirnen von einem Ast der Pinie hin zum Pavillon.

Michael und seine Familie sind schon gestern gekommen. Haben ihr Zelt im Garten aufgestellt. Walter und Liesel machen gerade einen Spaziergang zum Hafen. Lottes Familie wollte sofort hinüber zum Strand, nach der Autofahrt in dieser Hitze eintauchen ins Meer.

Fritz sollte auch längst da sein. Ich bin neugierig auf Jochen. Schaue immer wieder durchs Küchenfenster, bei jedem Auto, das vorbeifährt. Endlich hält Fritz' blauer Renault vor dem Haus. Mein Bruder steigt aus, fährt sich durchs Haar, blickt sich um. Die Beifahrertür bleibt geschlossen. Jetzt geht eine Hintertür auf. Ein hochgewachsener Mann tritt auf den Gehsteig. Graues Haar, Blumenhemd. Er geht vor zur Beifahrertür. Öffnet sie. Winkelt seinen linken Arm an. Eine Hand legt sich über seinen Unterarm. Jetzt tritt Jochen einen Schritt zurück. Ein weißhaariger Kopf bewegt sich aus dem Inneren des Wagens. Mama! Ich laufe hinaus. Bei Fritz und Jochen untergehakt, betritt Mama den Garten.

„Grüß dich, Helga“, sagt Mama, „ich hoffe, das ist jetzt kein Überfall. Wenn ihr schon einmal alle beisammen seid – also das wollte ich nicht versäumen.“

Fritz erklärt mir, sie hätten bei Mama Station gemacht. Auf einmal habe Mama ihre Meinung geändert. Wollte mitfahren. Schnell hätten sie alles Nötige zusammengepackt. Auch drei Kartons mit gefüllten Einmachgläsern sollten mit auf die Reise.

Alfred hat den Oleandertopf ein wenig beiseitegeschoben, hat einen gepolsterten Campingsessel für Mama an die Spitze der Tafel gestellt. Alle haben Platz genommen, die Antipasti sind schon serviert.

Mama schlägt mit einem Dessertlöffel gegen ihr Weinglas, bis es ganz still ist am Tisch.

„Bitte nicht durcheinanderreden“, sagt sie, „bitte macht mir heute diesen Gefallen. Sonst kann ich den Gesprächen nicht folgen.“ Mama schaut in die Runde. „Du und du, du, du und du“, spricht sie mit Philipp und Leander, Sarah, Julia und Sebastian die Jüngsten der Reihe nach an, „ihr seid heute Abend die Sheriffs. Ihr passt auf, dass immer nur einer redet am Tisch.“ Wir alle gehorchen der Ältesten an unserer Tafel.

Mama. Lehrerin wäre sie gerne geworden, aber das blieb ihr versagt. Die Lehrerbildungsanstalt durfte später nur Renate besuchen, ihre jüngere Schwester, Großmutters Nesthäkchen.

Ich erinnere mich an die Zeit, als es mit dem Gasthaus in Graz bergab ging. Selbst wenn Mama aufs WC musste, wollte Lotte mitkommen. Später einmal hat Mama Lotte erzählt, sie habe damals, ohne es zu wollen, immer wieder einen Strick an einem Holzbalken hängen sehen. Oder es seien ihr Bilder von Schienen gekommen und von einem herannahenden Zug. Wenn sie in Graz eine Murbrücke überquerte, habe es sie nach unten gezogen. Auch auf dem Schlossbergfelsen, wenn sie hinabsah auf die Dächerlandschaft der Stadt.

Dass sie es nie bereut habe, Papa verlassen zu haben, das hat Mama immer wieder gesagt. Selbst dann nicht, wenn es hereingetropft hätte in eines ihrer Personalzimmer unter dem Dach. Dann habe sie einfach eine Blechschüssel daruntergestellt.

Mama, ich spüre deine Kraft in meinem Rücken.

In den Fünfzigerjahren endlich der Kauf einer Eigentumswohnung. Mama zahlte für eine riesige Wohnung an, damit wir alle dort Platz hätten. Obwohl es dafür längst zu spät war. Lotte bedauerte Mama: So allein in der großen Fünfzimmerwohnung. Nach einigen Saisonstellen in Kärnten bekam Mama endlich eine Anstellung in Klagenfurt, als Leiterin einer Betriebsküche. Sie begann mit Untervermietungen. Meist waren es Zimmerherren, die bei ihr wohnten. Nebenbei backte sie Torten und Weichnachtskekse für eine Geschäftsfrau auf dem Klagenfurter Benediktiner-Markt. Dafür gab es das ganze Jahr über gratis Gemüse.

Mama ist berühmt für ihre Kärntner Käsnudeln, die bei ihr immer in gebräunter Butter schwimmen. Bei einem Besuch von Walter und Liesel, als wir Geschwister zusammensaßen in Mamas Wohnung, half ich ihr in der Küche. Beobachtete, wie sie in einer Pfanne billiges Kokosfett zerließ, bevor sie ein Stück Butter dazugab. Großzügig wurde die *gebräunte Butter* dann über die Käsnudeln gegossen. „So viel Butter, und so schön gebräunt“, Liesels Ausruf, als Mama und ich das Essen servierten.

Mamas suchender Blick an den Supermarktkassen. Bei einer der Kassierinnen am Heiligengeist-Platz bekam sie auch nach ihrer Pensionierung noch Prozente auf ihren Einkauf.

Sobald Mama in Pension war, begann sie für eine Friseurin zu arbeiten. Einkaufen, kochen, deren Familie und Angestellte mit Mittagessen versorgen. Schwarzgeld, das wieder uns Kindern zugutekam.

Nach dem Dessert verlassen die Kleinen den Tisch. Die Sheriffs sind weg. Sausen jetzt rund um die Bewässerungsanlage. Sofort wird wieder durcheinandergeredet. Ich schaue hin zu Mama, es scheint sie nicht zu stören. „Bleib sitzen", sagt Max, „ich mache das." Er räumt die leeren Eisgläser ab. Ich bleibe sitzen und lausche.

Mama fragt Alfred, ob er in Monikas Küche wohl genug Schmalz bekäme beim Essen.

Fritz, Jochen und Lotte sprechen über eine gemeinsame Fahrt nach Brünn, noch diesen Herbst. Lottes verklärtes Gesicht. „Ich werde Janka suchen", sagt sie.

Jochen lobt Vaclav Havel. Der neue Präsident der Tschechoslowakei habe sich für die Vertreibung der Deutschen entschuldigt.

Michael spricht mit Alfreds und Lottes Kindern über berufliche Dinge.

Mama lächelt. Ganz eingesunken sitzt sie jetzt da. Schaut zufrieden in die Runde. Dann wieder hinüber zu den Urenkeln, die im Garten fangen spielen. Über den Rüschen ihrer Blütenbluse baumelt das Goldmedaillon. Vor Jahren hatte sich Mama von uns allen eine goldene Venezianerkette gewünscht. Im Jahr darauf dieses Medaillon. Innen drin sind winzige Fotos. Von uns vier Geschwistern, von den sechs Enkeln. „Damit", hat Mama damals gesagt, „damit möchte ich begraben werden. Wenn es einmal so weit ist."

* * *

Hier in der Lagune nur die Laute der Vögel, das Schlagen der Wellen. Manchmal fährt ein Ausflugsboot vorbei.

Die Stimmen der letzten Tage kommen langsam zur Ruhe. Heute nach dem Frühstück sind alle Besucher wieder nach Hause gefahren.

Um uns der Schatten einer hochgewachsenen Tamariske. In der Kühltasche Proviant, der reicht bis zum Abend. Der Duft von Zitronenöl auf unserer Haut, wegen der Mücken. Max liest in einem Buch. Ich schaue in den Himmel. Beobachte einen Vogelzug. Max wüsste sofort, welche Vögel da fliegen. Aber ich will ihn jetzt nicht stören bei seiner Lektüre.

Ich weiß, das Geschirr wartet noch auf den Abwasch, die Betten gehören abgezogen, die Böden gekehrt. Aber all das kümmert mich nicht. Hier auf der kleinen Insel Anfora sind Biagio Marins Verse Wirklichkeit geworden: *Weit entfernt ist jede Realität: nicht Berge, nicht Städte, nicht Häuser. Es herrscht ausschließlich das Licht.*

Durch dieses Licht beginnen Bilder zu ziehen. Die Jüngsten teilen Mamas Letschogläser aus. Und meine Säckchen mit den Stockmalvensamen. Die kleine Sarah streckt Fritz ein Säckchen entgegen. Fritz greift danach, bedankt sich und lässt es in die Brusttasche seines Hemdes gleiten. Zum ersten Mal hat Fritz Stockmalvensamen genommen, ich habe es aus dem Augenwinkel gesehen. Ob er welche aussäen wird in Salzburg? Oder in Brünn, am Spielberg, an der Mauer der Festung? Oder in der Pellicogasse, in die er zurückkehren wird, zusammen mit Lotte? Ob er jemandem Irenes Geschichte erzählt?

Lottes neueste Zeichnung an der Wand in unserem Vorhaus, sie hängt gerahmt in der Nähe von Papas Apfelbaumbild.

Mamas zufriedenes Gesicht am Ehrenplatz unserer Tafel. Ihr Blick, so ungewohnt weich.

„Mama, riechst du den Oleander?“, rief Lotte, als sie einmal ganz abwesend schien. Mama zuckte ein wenig, drehte den Kopf zur Seite, schnupperte und schloss die Augen für einen langen Atemzug. Dann nickte sie Lotte zu. „Ja, was für ein himmlischer Duft.“

DANK

Das Festival Meeting Brno hat mich 2020 zu einem Schreibaufenthalt nach Brno/Brünn eingeladen. Meine Erfahrungen dort und die Teilnahme am Gedenkmarsch vom Massengrab in Pohořelice/Pohrlitz in umgekehrter Richtung zurück in die Stadt, 75 Jahre nach der Vertreibung der Brünner Deutschen, haben mich sehr berührt und mein Interesse an der Geschichte Böhmens und Mährens verstärkt. Freundliche Menschen rund um das Festival haben mir wertvolle Anregungen für meine Spurensuche gegeben.

Die Literar-Mechana ermöglichte mir 2021 eine ruhige Schreibzeit in Meran.

Im Frühjahr/Sommer durfte ich auf Einladung der Regierung von Liechtenstein das historische Turmhaus in Balzers bewohnen. In der ländlichen Idylle konnte ich sortieren, was ich über die Handlungsorte in Erfahrung gebracht hatte, konnte in Ruhe weiterschreiben, Textteile zusammenbauen ... und auch erneut den nahen Handlungsort Davos besuchen.

Für Projektförderungen danke ich dem Kulturamt der Stadt Graz, dem Land Kärnten und dem BMKÖS.

Mein Dank gilt allen, die mich in Bibliotheken und Archiven oder privat bei meinen Recherchen rund um die Handlungsorte Brünn, Cividale, Davos, Grado, Graz, Kirchbach im Gailtal, Neapel und St. Paul im Lavanttal sowie rund um Irene Ransburg unterstützt und mir zum Teil auch Zugang zu nicht öffentlichem Material gewährt haben.

Nicht zuletzt danke ich dem Otto Müller Verlag, besonders meiner Lektorin Christine Rechberger.

ARIGATO

Roman | 195 Seiten
€ 23,–
(E-Book: € 18,99)
ISBN
978-3-7013-1280-1

Vera wird nach dem großen Erdbeben in Friaul 1976 zu Tante Rosa und Onkel Hans geschickt; die beiden sind 1940 nach Kärnten ausgewandert. Onkel Hans zeigt seine Abneigung gegen die „halbe Italienerin" bei jeder Gelegenheit und wettert gegen die „feigen Italiener", die „Verräter". Als das Mädchen bei einem Besuch im Kanaltal ein gut gehütetes Familiengeheimnis entdeckt, gerät Veras fragiles Lebensgebilde ein weiteres Mal aus den Fugen.

WAS AUGEN HAT UND OHREN

Roman | 208 Seiten
€ 24,–
(E-Book: € 19,99)
ISBN
978-3-7013-1266-5

Bogdan Marinescu trat Ende der 80er Jahre als regimekritischer Hamlet auf Theaterbühnen in Rumänien auf. Nach Verhören durch die Securitate floh er nach Italien. Ein Mitarbeiter des Geheimdienstes, Traian Voicu, versuchte Bogdan aufzuspüren – vergebens. Fünfundzwanzig Jahre später jedoch spielt der Zufall ihn Traian wieder in die Hände ...

Ein hochaktueller Roman über verschiedene Formen der Machtausübung, Unterwerfung, Überwachung und Kontrolle.